Michael Köhlmeier   Bevor Max kam

Michael Köhlmeier

Bevor Max kam

Roman

Piper München Zürich

ISBN 3-492-04065-9

© Piper Verlag GmbH, München 1998
Gesetzt aus der Joanna
Gesamtherstellung: Clausen & Bosse, Leck
Printed in Germany

Rita im
bleichschwarzen Pullover

Sie lachte so laut, daß jeder im Kaffeehaus die Kapazität ihrer Lungen spüren konnte – und da wußte ich: Das ist Rita, die ich vor fünfzehn Jahren verloren hatte, die Schwimmerin, breit in den Schultern. Sie trug einen bleichschwarzen Pullover, was soll ich sagen, so einen hatte sie damals schon getragen, und der hatte mir immer gut an ihr gefallen, aber nun fand ich ihn unvorteilhaft, weil ihr Hals darin so verzweifelt durchtrainiert wirkte.

So, dachte ich, die setzt sich jetzt zu mir. Auch recht, dachte ich, bin ohnehin viel zu früh dran. Wenn Max kommt, wird sie gehen, alle gehen, wenn Max kommt.

»Was war denn damals?« fragte ich.

»Wieviel weißt du?« fragte sie und setzte sich und bestellte ein Bier.

»Daß ihr nach London gefahren seid«, sagte ich, »du und dein Mann. Mehr weiß ich nicht. Bist du noch mit ihm zusammen?«

Sie ruckte mit dem Kopf, was wohl eine Verneinung sein sollte. Aber es fiel ihr schwer, den Blick auf mich scharfzustellen, und ich dachte, vielleicht ist sie doch noch mit ihm zusammen, und er kommt gleich zur Tür herein, der Mann, der ein eifersüchtiges Arschloch war, der sich Zigaretten auf der Hand ausdrückte, wenn er seine Frau mit jemandem reden sah.

»Auf der Fähre über den Kanal«, begann sie, »haben wir drei Leute kennengelernt, ein Ehepaar und den Liebhaber der Frau, hat sich herausgestellt. An die Frau erin-

nere ich mich sogar noch. Die hatte so eine amazonen-
hafte Kompaktheit und Kraft im Kinn und einen dunklen
Schimmer auf der Oberlippe, das hat mir gefallen. Wie
die drei miteinander geschmust haben, das hat mir auch
gefallen. Gleichzeitig, zu dritt. Ich lehnte auf Ellbogenbe-
rührung neben der Frau an der Reling.

Schau, sagte ich zu meinem Mann, die machen es doch
gut.

Mhm, sagte er.

Vielleicht treiben sie es auch zu dritt im Bett, sagte ich.
Und sagte: Du weißt, daß ich diesbezüglich keine Ambi-
tionen habe, mein Lieber, aber doch nur deswegen, weil
ich bisher dachte, das kann nur Streit und Wahnsinn geben.

So habe ich zu meinem Mann geredet. Weißt du, er
war ja nur das Arschloch, wenn wir beide allein waren.
Wenn irgendwelche Leute in der Nähe waren, die zuhör-
ten, dann war er der Liberale, der Tolerante. Ich habe absichtlich so laut gesprochen, daß die drei zuhören konnten. Und prompt haben sie uns ihre Dreiereinheit bis ins
kleinste auseinandergesetzt.

Und mein Mann sagte: Gut, Rita! Ha, Rita! Großartig,
Rita, ha?

Und ich sagte: Ja, wirklich, wirklich großartig.

Und er, der Oberliberale: He, ihr drei, können wir
zwei da nicht mitmachen?

Nur dem Gelächter zuliebe und dem Image zuliebe.
Und zu mir sagte er: Sei nicht so tantig, Rita! Warum haben wir uns denn stundenlang auf Vietnamdemonstratio-
nen die Füße plattgetreten, wenn dann nicht einmal ein
fahrtwinddurchbrauster Fünfer rausschaut!

So hat er sich ausgedrückt. Das hat bei dem Trio eingeschlagen. Wir beide haben eingeschlagen, wir haben ja

auch wirklich schön ausgesehen, wir beide, mit unseren fahrtwinddurchbrausten Haaren. Mein Mann ließ sich die Adresse von ihrem Hotel in London geben und küßte den Fetzen Papier und den Kugelschreiber.

Und dann waren wir also in London und saßen in unserem Sparhotel. Er und ich. Allein. Er so ein Gesicht.

Sage ich zu ihm: Lassen wir das doch!

Aber er: Nein, du hast es eingefädelt, jetzt wird es ausgelöffelt.

Ich: Wie kann der Mensch auslöffeln, was er eingefädelt hat?

Um acht war die Verabredung. Wir nehmen den Bus.

Ich sage noch: Siehst du, es ist dir nicht ernst, zu so einer Sache fährt man mit dem Taxi!

Weißt du, ich glaube, daß es in jeder Beziehung vielleicht wirklich nur ein einziges Mal großes Glück oder großes Pech gibt. Bei uns war es Pech, und unser großes Pech war, daß wir die einzigen Fahrgäste in dem Bus waren. Soll einer noch sagen, daß das ein Zufall ist! Ein leerer Bus mitten in London um acht Uhr abends! Mein Mann zündete sich mit großer Flamme eine Zigarette an.

Du weißt, was jetzt kommt, sagte er.

Und ich beneidete ihn. Ja, das tat ich. Ich wußte ja, daß er sich kein Loch in die Hand brennen wird. Aber ich wußte auch, daß er in diesem Augenblick daran glaubte. Sieh ihn an, dachte ich: Welche Leidenschaft, welche Überzeugung, welche Hingabe, welche blöde Raserei! Mein Leben kam mir dagegen vor wie eine Wärmflasche morgens um halb fünf, unten bei den Füßen.

Und da hielt der Bus und Leute stiegen ein, und ich dachte, das war eigentlich ein schönes Theater von meinem Mann, jetzt mache ich das auch. Ich bin ausgestiegen und davongerannt.

Noch im Rennen dachte ich, gleich bleibe ich stehen, ein paar Meter laufe ich noch, dann bleibe ich stehen. Aber ich hatte so eine wunderbare Kondition damals, ich belegte gerade einen Karatekurs, weißt du. Ich rannte über Gleise und an Menschen vorbei, die mir zuriefen und zuwinkten, und ich rief zurück und winkte zurück, ich rannte, bis mir einfiel, daß ich ja gar nicht Englisch konnte. Was habe ich denen denn zurückgerufen, dachte ich und blieb stehen. Und es war so, daß ich nicht wußte, wie unser Hotel hieß, weil ich das alles meinem Mann überlassen hatte, und nicht wußte, wo ich war, und eigentlich überhaupt nichts wußte, und außerdem hatte ich weder meinen Paß noch einen einzigen Schein Geld bei mir, und meine Jacke hatte ich im Bus ausgezogen. Und meinen Mann hatte ich abgehängt.

Und weißt du was? Ich habe Englisch gelernt, mir einen Paß ausstellen lassen und Geld verdient. Wir haben uns via Fernbedienung scheiden lassen. Ich habe wieder geheiratet, habe eine Tochter, die heißt Janis, und ich bin schon wieder geschieden.«

Das war Rita.

»So, wie du dasitzt«, sagte sie, »sitzt du öfter da, schätze ich.«

»Mittwochs immer«, sagte ich.

»Komme ich wieder einmal vorbei«, sagte sie, bat mich, ihr Bier zu bezahlen und ging.

Bevor Max kam, aß ich noch eine Kleinigkeit.

Caligula, der voll Tränen ist

Der Mann war alles andere als ein Stiefelchen. Er wog hundertsechzig Kilo. Sein Gewicht war bekannter als sein Spitzname und noch viel bekannter als sein Name. Er arbeitete in der Werbung, aber wofür er warb, weiß ich bis heute nicht.

»Warum sagt man Caligula zu dir?« fragte ich ihn.

»Weil ich früher eher dünn war«, sagte er. »Laß mich eine Stunde bei dir an deinem Tisch sitzen«, sagte er, »und hör mir zu. Ich muß mein Maul bewegen, und der Arzt sagt, Reden ist besser als Fressen. Ich bin ein klassischer Fall. Ich merke, daß ich stinke, und muß denken: Schon wieder beleidigt mich die Natur. Und weil ich grundsätzlich nichts hergeben will, weil ich der Meinung bin, daß mir immer alles weggenommen wird, darum weine ich nicht, obwohl mir zum Weinen ist, sondern ich fresse.

Ich bin ein klassischer Fall. Anderes Beispiel: Meine Frau betrügt mich. Das heißt, wenn ich davon ausgehe, daß betrügen immer noch heißt, einer tut etwas und sagt dem anderen, er tue etwas anderes, dann betrügt sie mich gar nicht. Gestern morgen hat sie mir alles gesagt. Sie hat zwei Liebhaber, einen alten und einen jungen. Hat sie gesagt. Der alte macht gut, was ihr Vater bei ihr angerichtet hat, weil er sie die Matura nicht hat machen lassen, der junge schläft einfach nur mit ihr.

Schau mich an, wie ich hier sitze! Schau her, mein Bauch ist so groß, daß, wenn ich aufrecht sitze, von meinem Oberschenkel nur noch drei Zentimeter zu sehen sind. Wenn ich mich auch nur ein wenig vorbeuge, um mein Mineralwässerchen zu schlürfen, dann habe ich gar keinen Oberschenkel mehr. Während ich hier ohne nennenswerte Oberschenkel sitze, ist meine Frau beschäftigt. Ich bin ein klassischer Fall von Wahnwitz. Ich weiß, womit sie beschäftigt ist. Aber ich bin nicht eifersüchtig. Ich bin nur eifersüchtig auf die Vergangenheit. Daß sie mich jetzt betrügt, kann ich verstehen. Ich bin ja kein Unmensch, obwohl ich ein Unmensch bin.

Als ich noch Caligula war, das Stiefelchen, zweiundsiebzig Kilo schwer, jung verheiratet, an den Schläfen eine königlich blaue Ader, die inzwischen verschwunden ist, ich weiß nicht wohin. Damals hat mich meine Frau zum ersten Mal betrogen. Schau mich an! Was ich bin, das bin ich nicht. In mir steckt Caligula, der zweiundsiebzig Kilo wiegt. Der bin ich. Ich bin ein klassischer Fall, ein Objekt der Willkür der Natur. Meine Frau neigt zu schwarzen Lederhosen und schwarzen Lederjacken und sie besitzt auch eine schwarze Lederkappe. Ich, an sich, bin ein Naturbursche. Ich liebe die Natur. Warum haßt *sie* mich so! Warum läßt mich die Natur stinken? Warum macht sie mich so fett? Darunter leide ich. Und am meisten leide ich an einer längst verjährten Erinnerung ...

Vor fünfzehn Jahren war das. Ich öffnete das Nachtkästchen auf der Bettseite meiner Frau, und da lag ein Gedichtband von Leonhard Cohen. Ich schlug das Buch auf, und da war eine Zeile unterstrichen, die lautete: *Ich bin der Mann, der tötet.* Und gestern morgen fällt mir das Buch in die Hand, und ich sage zu meiner Frau: Ah, ja, das wollte ich dich schon vor fünfzehn Jahren fragen.

Was denn, Caligula, sagt sie, was wolltest du mich schon vor fünfzehn Jahren fragen?

Was das bedeutet, daß dieser Satz rot unterstrichen ist.

Zeig her, sagt sie. Ah, das, sagt sie, das hat der Dings gemacht, wie heißt er gleich.

Was hat der gemacht, frage ich.

Ach, das ist doch vorbei, Caligula, sagt sie. Er – wie heißt er denn nur – hat sich überlegt, dich zu töten.

Um Gottes willen, sage ich, wer wollte mich töten? Und warum?

Weil er eifersüchtig auf dich war. Du hattest damals zweiundsiebzig Kilo, Caligula. Alle sagten Caligula zu dir. Ich weiß schon, daß du diesen Namen für dich selber erfunden hast, aber alle fanden ihn zutreffend. Und er – wenn mir nur einfiele, wie er heißt –, er war so gräßlich dick, und das hat ihn fertiggemacht.

Hast du etwas mit ihm gehabt, fragte ich. – So blöd war ich gestern morgen noch!

Aber ja, sagte sie.

Mit ihm, der so gräßlich dick war? Gegen mich, der ich noch nicht so gräßlich dick war? Das verstehe ich nicht! Warum hast du mich damals betrogen und betrügst mich heute nicht?

Aber, sagte sie und schob mit ihrem spitzen Zeigefinger die Lederschildkappe lässig über der Stirn zurecht, aber ich betrüge dich doch, Caligula!

Sie betrügt mich. Sie meint, sie betrügt mich. Aber das kann sie gar nicht. Wer bin ich denn? Sie kann mich ja nicht einmal mehr sehen. Ich bin einer, der zweiundsiebzig Kilo wiegt, und der in einen Fettümpel gefallen ist. Mich sieht niemand. Ich bin eigentlich tot. Nein, ich bin nicht eifersüchtig. Ich kann ja meine Frau nicht zu einer keuschen Witwenschaft zwingen. Aber damals – damals war ich der, der ich war. Und damals hat sie mich mit einem betrogen, der die moralische Verderbtheit besaß, einen Satz zu unterstreichen, der da lautet: *Ich bin der Mann, der tötet.* − Verstehst du meinen Kummer?«

»Ja«, sagte ich. »Willst du jetzt etwas essen?«

»Will ich«, sagte Caligula, »will ich, will ich. Aber besser ist, ich rede.«

»Dann rede!«

Und dann erzählte mir Caligula die Geschichte noch einmal. Und dann sagte er: »Jetzt bin ich dermaßen voll von Tränen, daß ich dem Rat meines Arztes nicht mehr Folge leisten kann. Gewiß komme ich den ästhetischen Kriterien, die dein Leben bestimmen, entgegen, wenn ich mich an einen anderen Tisch setze, um dort zwei große Gulasche in mich hineinzustürzen. Ade!«

»Bis zu irgendeinem Mittwoch!« sagte ich.

Bevor Max kam, notierte ich mir noch den Einkaufszettel für morgen, denn ich war dran, und ich hatte ein paar ausgefallene Wünsche.

Amsel Müller Heidelberg

Ich rief den Ober, weil ich ein Paar Frankfurter wollte, da ertönte wie ein Aufschrei von hinten aus dem Café mein Name. Es war Jochen aus Braunschweig, mit beiden Armen fuchtelte er, ich hatte ihn sehr lange nicht mehr gesehen. Und er hatte mich überhaupt noch nie gesehen. Er war nämlich blind, und zwar von Geburt an, eine schwarze Brille hatte er auch früher nie getragen.

Ich hatte ihn über seine damaligen Freundin kennengelernt. Das war vor über zwanzig Jahren. Ich hatte in einer Kneipe mit Kommilitonen getrunken und war übermütig gewesen und zum Lügen aufgelegt.

»Ich werde«, hatte ich gewettet, »in der nächsten halben Stunde eine Lügengeschichte erzählen.«

Da hörte ich hinter mir eine Stimme, und obwohl es eine Frauenstimme war, erinnerte sie mich an meine eigene Stimme, und ich sagte: »Darf ich euch meine Schwester vorstellen?«

Später erst erfuhr ich ihren Namen: Amsel Müller Heidelberg. Ich legte meine Hand auf ihre Schulter und deutete auf meine Freunde: »Kannst du denen bestätigen ...«
– »... daß ich deine Schwester bin?« fragte sie. Sie hatte nämlich zugehört.

Sie setzte sich an unseren Tisch, neben mich, sie roch nach Haschisch. Sie war klein, hatte schwarze Haare und trug eine schmale, tropfenförmige Brille. Sie hatte einen weichen, weit vorgewölbten, sehr roten Mund, den sie manchmal zu einer Knospe zusammenzog.

»So«, sagten die Freunde, »jetzt ist die halbe Stunde vorbei. Wo ist deine Lügengeschichte?«

»Sie ist nicht meine Schwester«, sagte ich.

»Was redest du da«, sagte sie, »natürlich bin ich deine Schwester.«

Ich mußte zahlen. Für alle hatte ich die Wette verloren. Und dann saßen wir bis früh um vier in der Kneipe, und Amsel und ich erzählten von unserer Kindheit. Sie wußte so viele Geschichten, und sie wußte sie so bunt und lebendig zu schildern, und dann erzählte sie, wie sie mich, als wir sechs und sieben Jahre alt gewesen waren, in der Nacht geweckt habe, wie sie mit mir an der Hand zum Elternschlafzimmer geschlichen sei.

»Die Tür war offen«, sagte sie, »nur einen Spalt weit, aber wir konnten hineinsehen. Und da haben wir den Papa in Anzug und Mantel und Handschuhen am Bett der schlafenden Mama sitzen sehen, am Fußende, und den Kopf hatte er in die Hände gestützt, und das war das Traurigste, was ich je gesehen habe ...«

Und dabei schaute uns Amsel durch ihre Brille an, einen nach dem anderen, und ihre Augen waren wie Murmeln. »Und wenn ich ihn«, geschickt vermied sie es, mich beim Namen zu nennen, sie wußte ja nicht, wie ich hieß, »wenn ich den Kleinen nicht bei mir gehabt hätte«, sagte sie, »dann wäre ich in dieser Nacht von zu Hause weggelaufen.«

Dann ging sie mit mir.

Sie war mit Brille schön und ohne Brille war sie auch schön. Eine Brust zeigte sie mir. Aber sie wollte nicht mit mir schlafen.

»Weil wir Brüderchen und Schwesterchen sind?« fragte ich.

Sie sagte: »Weil ich noch einen Freund habe.«

»Was heißt noch?«

»Ich muß schauen, ob ich ihn noch mag«, sagte sie.

»Komm morgen zu uns. Wenn ich euch nebeneinander sehe, dann kenne ich mich wieder aus.«

Ihr Freund war eben dieser Jochen, der mich nach über zwanzig Jahren an den beiden Worten Herr und Ober wiedererkannt hatte. Als ich ihn damals in der Küche sitzen sah, die Augäpfel nach oben gedreht, den Kopf in Achterbewegungen hin und her schwenkend, dachte ich: Die Sache ist für mich so gut wie gewonnen.

Amsel war in der Küche, und er fragte mich: »Wie heißt du?«

Sie blieb bei ihm. Nach den Spaghetti tat sie uns ihren Entschluß kund.

Das war die Geschichte, ich habe die beiden seither nicht wiedergesehen.

Ich setzte mich zu Jochen und fragte: »Bist du noch mit Amsel zusammen?«

»Nein«, sagte er, »sie lebt nicht mehr. Wir sind nach dem Studium nach Wien gezogen, ich bin Lehrer geworden, heute übersetze ich Bücher in Blindenschrift. Aus Amsel ist nichts geworden. Und da hat sie sich unter die U-Bahn geworfen.«

»Was heißt, aus ihr ist nichts geworden«, fragte ich.

Sein Mund war brutal offen und breit, und die Lippen walkten sich im Rhythmus seines Kopfes, an den Zähnen konnte man die Jahre sehen.

»Es ist einfach nichts aus ihr geworden«, sagte er. »Weißt du, die Geschichte damals hatte großen Eindruck auf sie gemacht.«

»Welche Geschichte« fragte ich, tat arglos.

»Oh, das wäre schrecklich, wenn du die Sache vergessen hättest«, sagte er. »Du hast sie als deine Schwester ausgegeben und wolltest sie mir wegnehmen, und sie ist bei mir geblieben. Aber dann hat es ihr leid getan.«

»Das glaube ich doch nicht«, sagte ich, »sie hat mich ja höchstens zehn Stunden in ihrem Leben gesehen!«

»Sie hat mich gebeten, ich soll ihr deinen Namen sagen. Habe ich nicht getan. Habe ich nicht getan, nein, nicht ums Verrecken!«

»Also«, sagte ich, »also, Jochen, es ist schon sonderbar genug, daß wir uns duzen, und daß wir beide unsere Namen noch wissen, ist noch sonderbarer, aber wenn du mir jetzt erzählen willst, die Amsel sei wegen mir vor die U-Bahn gesprungen ...«

»Sie war von jenem Tag an traurig. Was soll ich da anderes denken? Was habt ihr eigentlich gemacht? Sie war in der Nacht in deinem Zimmer, das hat sie erzählt ...«

»Mein Gott, Jochen«, rief ich, »das ist über zwanzig Jahre her!«

»Spielt das eine Rolle«, brauste er auf. In seinen Augen war nur Weißes. »Sie hat seit damals nicht mehr mit mir geschlafen! Ich habe gesagt: Du tust es nicht, weil ich blind bin. Sie hat gesagt, ich sei ein Idiot, wenn ich das glaube. Ich wußte nicht, daß du hier in diesem Café bist. Wie sollte ich das wissen! Sei so gut und hau ab! Laß mich in Frieden!«

Das tat ich. Ich ging zu meinem Tisch zurück. Die Frankfurter waren kalt.

Medi Winter

»Ich war drei Wochen in den USA«, sagte Medi Winter.
»Ich muß dir etwas Merkwürdiges erzählen.«
»Laß dich auf einen Schnaps einladen, Medi«, sagte ich.
»War Max schon hier?«
»In einer halben Stunde wird er kommen.«
»Ich will euch nicht stören«, sagte sie und setzte sich auf eine Pobacke.

Sie trug eine schwarze Stretchhose, die ihr knapp bis zur Mitte der Waden reichte. Ich schätzte sie um die sechzig. Sie wirkte jünger. Feine Bündel von Fältchen schoben sich an ihren Wangen zusammen, wenn sie lachte. Ihr Haar war grau und von weißen Strähnen durchzogen und drahtig. Vielleicht wirkte sie deshalb jünger, weil sie ein Leben lang Medi gerufen worden war.

Bis fünfzig hatte sie als Assistentin bei einem Zahnarzt gearbeitet, von dem ich nur weiß, daß er Walter hieß. Als er starb, hat er ihr etwas hinterlassen, davon konnte sie bescheiden leben und reisen. Und das tat sie. Sie war seine Geliebte gewesen. Das hat Medi nie abgestritten, und die Witwe des Arztes hatte Medis Erbanspruch nie in Frage gestellt.

»Ich war mit dem Bus von Los Angeles nach New York unterwegs«, erzählte Medi, »und in einem Motel irgendwo in Ohio lernte ich Staken kennen, und wir haben etwas getan, was eigentlich nur junge Menschen tun, was ich aber als junger Mensch nicht getan habe.

Unsere Zimmer lagen nebeneinander, und es war so, daß wir beide zufällig im selben Augenblick unsere Schlüssel ins Schloß steckten, und das war so komisch und gleichzeitig so eindeutig, daß jedes Abwenden blanke, kindische Idiotie gewesen wäre, und wir, weil wir nun einmal sehr erwachsen waren, nichts anderes tun konnten, als miteinander in eines der Zimmer zu gehen.

Du weißt, daß ich viel gelernt habe, seit Walter tot ist, und daß ich vorher von Walter auch viel gelernt habe, aber es fällt mir immer noch schwer, über manche Dinge zu sprechen, sogar vor dir.

Wir umarmten uns und schlossen in der Umarmung die Tür ab, das heißt, ich tat es, ich tat es hinter dem Rükken und war selber überrascht, wie geschickt ich dabei war.

Also wir legten uns aufs Bett. Ja. Ich wußte nicht einmal, was für einer Nationalität er angehörte, natürlich wußte ich seinen Namen nicht, daß er Staken hieß, sagte er mir erst spät in der Nacht.

Ich wollte ihn haben, aber nichts von ihm wissen und er auch nicht von mir. Es war nichts Verrücktes, was du jetzt vielleicht denkst, keine l'Amour fou mit Verrenkungen und viel Schweiß. In unserem Alter schwitzt man nur wenig. Weil man auch nur noch wenig trinkt. Ganz leise und sanft haben wir miteinander geschlafen.

Er war schlohweiß, Walter hatte bis zum Schluß seine vollen schwarzen Haare gehabt, und auch sonst gab es nicht die geringsten Ähnlichkeiten zwischen den beiden.

Es war früher Abend, und die Sonne schien flach durch das Fenster und traf die Wand über dem Bett und war ein verschobenes, gelbes Viereck. Wir lagen darunter im Schatten.

Er neigte sein Gesicht über mich und küßte mich auf

die Augenbraue, dorthin, wo der Knochen bei mir so vorsteht. Und aus der Nähe, aus dieser extremen Nähe, haben seine Mundwinkel ausgesehen, wie Walters Mundwinkel ausgesehen haben, da waren die zwei feinen Kerben rechts und links, die so schwer zu rasieren waren, und auch die Nase hat ausgesehen wie Walters Nase, sogar noch schmaler.

Und ich sagte: Walter, das ist schön. Zur Probe sagte ich das und ganz gefaßt.

Er wollte sich aufstützen, aber ich hielt ihn fest. Es war noch zu hell, und ich wünschte nicht, von ihm betrachtet zu werden, wenn ich das Licht auf meinem Körper hatte und er den Schatten im Gesicht. Außerdem, das wußte ich, würde alle Illusion dahin sein, wenn er aus der extremen Nahaufnahme herausträte – ja, ich muß es so ausdrücken.

Und nun redete er auch. Ich weiß nicht, was für eine Sprache es war, aber es hat geklungen wie Walters Kauderwelsch, wenn er mit einem Patienten beschäftigt war und mir Anweisungen gab, da hat er keine Worte gesagt, sondern einfach nur so Laute ausgestoßen. Er sei dann so konzentriert, daß er sich nicht auch noch um die Sprache kümmern könne, sagte er. Und es war ja auch nicht nötig, wir beide waren gut aufeinander eingespielt gewesen.

Ich sagte: Walter, bitte, bitte, sei so gut, und erschreck mich nicht, ich habe wahnsinnige Angst, wenn du ein Geist bist, der mir bis Ohio gefolgt ist.

Ein bißchen gespielt war das noch, aber nicht ganz, nur ein bißchen noch. Und er antwortete wieder in seinem Kauderwelsch.

Da bildete ich mir ein, ich hätte etwas verstanden, nämlich einen Namen, nämlich Maria.

Ich hielt ihn am Nacken fest und sagte: Was, Walter, was hast du mit einer Maria?

Und er redete weiter, seine Augen, von denen ich auch nur die Winkel sah, wurden feucht, und ich sagte: Was weinst du, Walter? Weinst du, weil du drüben bist und ich hier bin – so drückte ich mich aus.

Weißt du, ich wollte, daß es sentimental klingt, weil ich dann, so dachte ich, nicht ganz den Verstand verliere.

Und er nickte. Nickte so heftig, daß er mir beinahe entglitten wäre.

Aber, sagte ich, ich bin doch bei dir.

Ich roch seinen Atem. Man würde wohl allgemein sagen, daß der nicht so gut gerochen hat. Als Zahnarzthelferin weiß ich, wenn der Mensch Brücken im Mund hat, dann kann er die Zähne pflegen, wie er will, ein wenig wird er immer riechen. Aber ich mochte diesen Geruch. Und ich sagte es zu ihm.

Jetzt kann ich dir das Wichtigste endlich sagen, sagte ich. Und ich sagte es ihm ...

Ach, ich will dich nicht weiter stören. Max wird wohl auch gleich kommen ...«

»Nein, Medi«, sagte ich, »du störst mich doch nicht! Erzähl doch, was war das Wichtigste?«

»Nein, das möchte ich nicht. Vielleicht später, wenn es nicht mehr so frisch in mir ist.«

Sie warf sich die Jacke über und lächelte und winkte mit den Fingern wie ein junges Ding.

Bevor Max kam, fühlte ich ein philosophisches Ziehen in der Herzgegend und war glücklich darüber.

Das Öl des Südens

Das war ein einzigartiger Abend! Unvergleichlich! Erst ertönte eine Glocke. Sie wurde geschlagen vom Herrn Ober, eine zarte, vierköpfige Bronzeschelle, wie wir sie von unseren Ministrantenjahren her kennen.

»Meine Damen und Herren«, rief er ins Kaffeehaus hinein, »es könnte sein, daß es in den nächsten Minuten anfängt, nach Öl zu riechen. Bitte, seien Sie nicht beunruhigt, es wird lediglich unsere Heizung repariert. Morgen wird alles sein, wie es immer war. Wenn Sie gehen wollen, verstehen wir Sie. Wer dennoch bleibt, dessen Konsumtion wird nur zu fünfzig Prozent berechnet.«

Ich war der einzige, der blieb. Es stank sehr nach Öl. Es stank nach Öl, als wäre das Café ein frisch entleertes Ölfaß. Der Herr Ober träufelte Kölnisch Wasser in sein Taschentuch und hielt es sich an die Nase.

»Wollen Sie auch ein paar Tropfen?« fragte er mich.

»Ist nicht nötig«, sagte ich.

Ich blieb. Nicht weil ich nur fünfzig Prozent von meinem großen Schwarzen, meinem Mineralwasser und meinen Frankfurtern mit Kren bezahlen wollte, blieb ich. Ich blieb, weil mir der Ölgeruch eine Geschichte in Erinnerung brachte, die mich für eine kleine Stunde aus der Zeit hob und mir ans Herz griff, und ich fürchtete, die Atmosphäre der Geschichte würde verduften wie der Ölgeruch, wenn ich das Café verließ.

Ich war fünfzehn oder sechzehn gewesen, hatte auf dem Land gelebt. Es war in den Sommerferien, ich arbeitete bei der Post als Briefträger. Mir war ein schlechter Bezirk zugeteilt worden, das heißt ein armer Bezirk, mit viel Trinkgeld konnte nicht gerechnet werden, Arbeitersiedlungen, die aus Zweifamilienhäuschen bestanden und von dicht gestopften Gemüsegärten umgeben waren. Später bauten die Söhne ihre Häuser in die Gärten. Verantwortung lastete auf mir. Ich hatte nicht nur die Renten auszutragen, sondern auch RSA Gerichtsbriefe.

Da war ein finsteres Haus mit einem finsteren Hof, auf dem fette Kohle gelagert wurde. In unserer Gemeinde gab es zwei Kohlen- und Ölhändler, einen erfolgreichen und einen weniger erfolgreichen. Letzterer war meiner.

Und in seinem Haus sah ich die schlimmste Armut, die ich bis dahin mit eigenen Augen gesehen hatte. Im Keller des Hauses lebte eine junge Frau mit zwei kleinen Kindern in einem Raum, dessen Boden aus gestampftem Lehm war. Ein Fensterchen gab es, das war kleiner als meine Postlertasche.

Ich erinnere mich nur noch an wenig. Die Frau war dunkel, hatte dunkle, große Augen, dunkle Haare und lachte nicht. Sie war höchstens zwanzig. Sie verstand unsere Sprache nicht.

Wenn ich ihr die Post gab, durchströmte mich ein Gefühl, das ich bis dahin nicht in mir gefunden hatte, eine Gefühlssymphonie. Mitleid war natürlich dabei, aber zuvorderst waren Ekel und Neugier auf Verderbtheit und warme, körperwarme Verlockung.

Ich war zum ersten Mal in einer Weise verliebt, die weder hehr noch beflügelnd, weder glückvoll noch sehnsüchtig, sondern nur süchtig und leiderfüllt war.

Ihr Mann sitze im Gefängnis, wurde in der Post gesagt. Daher die RSA Briefe, die Anwaltbriefe, alles unangenehme Post und täglich.

Ich legte die Briefe nicht einfach auf ihre Schwelle, ich klopfte, und sie öffnete.

Die hellen, sonnigen Schwimmbadnachmittage, wenn meine Arbeit getan war, kamen mir sinnlos und auf ewig verloren vor. Ich saß im Schatten der Bäume und wartete auf den nächsten Tag. Ihre Wohnung roch nach Öl, das ganze Haus roch nach Öl, nach Öl und muffiger Wäsche, nach Bohnerwachs und Kinderpisse. Für immer wird mich dieser Geruch an die erste Sucht meines Lebens erinnern. Und Frauen, um deren Oberlippe ein feiner Flaum liegt, die gefallen mir.

Und dann war Monatsende, und uns Postlern wurden Stahlruten und Rentengelder ausgehändigt. Erstere damit wir letztere verteidigen. Wir zerschnitten uns die Finger, kerbten uns die feine Haut neben den Fingernägeln blutig, die Geldscheine waren nämlich neu und scharf – und es konnte vorkommen, daß zwei aneinanderhingen.

Bei mir kam es vor. Mir wurde ein Tausender zu viel ausgegeben. Das war ungefähr ein Drittel dessen, was ich in einem Monat verdiente. Ich bemerkte das Versehen sofort, und sofort kam mir der Gedanke, ihn zu behalten und ihn mit meiner Geliebten, die gar nicht wußte, daß sie meine Geliebte war, zu teilen.

An diesem Tag war keine Post für sie dabei. Ich klopfte trotzdem, und als sie öffnete, hielt ich ihr einen Fünfhunderter vors Gesicht. Sie blickte mich an, ich konnte in ihrem Gesicht nicht lesen, ich hatte es in den Wochen zuvor nicht gekonnt und konnte es nun auch nicht.

Lange blickte sie mir in die Augen. Ich hielt stand. Sie nahm den Schein. Dann griff sie nach meiner Hand. Ich dachte, lieber Gott, wenn sie jetzt meine Hand auf ihren Busen legt, dann werde ich bis an mein Lebensende nicht eine Sekunde deine Existenz bezweifeln.

Ebenso lange, wie sie mich angesehen hatte, hielt sie meine Hand. Ich weiß, sie überlegte, ob sie mir diesen Gottesbeweis liefern sollte, ich weiß es. Aber es gehörte wohl nicht zu ihrem Geschäft auf Erden, Gott zu beweisen.

Was für ein herrlicher Abend! Was für ein wunderbarer Geruch! Damit Durchzug im Kaffeehaus entstehe, öffnete der Herr Ober die Fenster und die Türen in den Toiletten, und aus der Küche roch es nach feuchten, muffigen Tischtüchern, und vom Stiegenhaus mischte sich noch Bohnerwachs dazu.

Ich liebe mein Kaffeehaus! Der Herr Ober setzte sich zu mir und sagte: »Sie müssen unser Kaffeehaus wirklich sehr lieben.«

Und dann erlaubte er mir, ihn Alfred zu nennen.

Bevor Max kam, bezahlte ich die fünfzig Prozent von einem großen Schwarzen, einem Paar Frankfurtern mit Kren und einem Mineralwasser. Es war sehr unwahrscheinlich, daß Max aus dem herrschenden Geruchsgemisch ähnliche Erinnerungen ziehen konnte wie ich. Würden wir unseren Mittwochabend eben in einem anderen Café hinter uns bringen ...

Die traurigste Geschichte

»Ich habe heute Inventur in meinem unnützen Kopf gemacht, und da ist mir die traurigste Geschichte meines
Lebens eingefallen«, sagte Herr Pietzsch, der noch nie etwas zu mir gesagt hatte. »Wollen Sie sie hören?«

Natürlich wollte ich sie hören – allein deshalb schon,
weil mich Herr Pietzsch interessierte.

Immer wenn ich im Kaffeehaus war, war er auch hier.
Er habe ungefähr dieselben Zeiten wie ich, steckte mir der
Herr Ober, den ich inzwischen Herr Alfred nennen
durfte.

»Was ist er denn von Beruf?« fragte ich.

»Pensionist. Früher war er Chemiker bei einer Be-
hörde, die die Milch kontrolliert. Er ist Witwer und ein
überzeugter Freund von Nachschlagewerken.«

Das war ja schon sehr viel – außerdem trug Herr
Pietzsch graue Anzüge, die in ihrer Unauffälligkeit unbeschreiblich waren. Er hatte einen Blick, als durchschaue er
einen und biete sich als Komplize an, und hatte die kälte-
sten, blauen Augen, in die ich je geschaut habe.

»Gern möchte ich Ihre Geschichte hören«, sagte ich
und bot ihm Platz an meinem Tisch an.

»Im Jahr 1957«, begann er, »entdeckte man auf einer
der vielen indonesischen Inseln ein Dschungelvolk, das
noch in der Steinzeit lebte – ich setze der Einfachheit hal-
ber voraus, daß solche menschheitsgeschichtliche Zeit-
einteilung sinnvoll ist. Aber offensichtlich hat man sich
weiter nicht sehr viel um dieses Volk gekümmert, das

heißt, man hat mit einem Tonband ein paar Sprachauf-
nahmen gemacht und man hat die Mitglieder dieses Volkes gezählt.

Es waren vierundachtzig.

Die Forscher – ich weiß nichts über sie, es müssen jedenfalls prächtige Nullen gewesen sein – meinten, diese
vierundachtzig Menschen seien lediglich eine Großfami-
lie, das Volk als ganzes zähle viel mehr Menschen. Sie
haben in ihrem Bericht aus der Luft gegriffene Hochrech-
nungen angestellt.

In Wahrheit zählte das Volk als ganzes nicht mehr Menschen. Auch die Tonbandaufnahmen der Sprachproben
haben sich diese sauberen Wissenschaftler nicht richtig
angehört, sie hielten die Sprache für irgendeinen Insel-
dialekt.

Jedenfalls – zwanzig Jahre später wurde ein französi-
sches Forscherehepaar auf das mangelhafte Dossier aufmerksam und ging der Sache nach. Als erstes stellten die
beiden fest, daß dieses Volk nicht irgendeinen Inseldia-
lekt sprach – was sollte das bitte auch sein? –, sondern
eine eigene, mit keiner Stimme der Welt vergleichbare
Sprache.

Zweitens fanden sie eine Katastrophe vor: Von dem
Volk waren nämlich 1975 nur noch acht Menschen übrig,
ganze acht Menschen, vier Männer und vier Frauen. Drei
der Frauen waren über das Alter hinaus, in dem sie Kinder kriegen konnten. Die vierte Frau schätzten sie auf
etwa achtzehn Jahre. Das Schicksal ihres Volkes lag in ihrem Schoß.

Es gibt eine Fotografie dieser jungen Frau. Sie steht vor
einem weit auswurzelnden Baum, sie ist nackt, dunkel-
häutig, und sie lacht, sie lacht wie ein Mädchen in einem
amerikanischen Spielfilm aus dieser Zeit hätte lachen

können. Keine Spur von Fremdheit kann ich in ihrem Gesicht finden.

Wissen Sie, was ich meine? Ich meine, so ein Mensch, so ein letzter Mensch, der muß sich doch fremd auf der Welt vorkommen. Wie kann so ein Mensch noch lachen? Sie blickt in die Kamera, als wüßte sie, was ein Fotoapparat ist.

Es tut mir weh, sie anzusehen. Es muß einem weh tun!

Sie hält einen Gegenstand in der Hand, man kann nicht genau erkennen, was es ist. Es könnte ein Buch sein. Es ist eckig und ungefähr von der Größe eines Buches. Aber was sollte sie damit anfangen?

Darüber habe ich mir den Kopf zerbrochen! Vielleicht, dachte ich, vielleicht hat der französische Forscher oder seine Frau das Mädchen gebeten, das Buch zu halten, während sie oder er die Kamera bediente. Warum sollte dieser Gegenstand rätselhaft sein, nur weil er uns Überlebenden rätselhaft erscheint?

Nun, ich weiß nicht, was das französische Forscherehepaar anstellte, um die junge Frau schwanger werden zu lassen, ich weiß auch nicht, ob die beiden überhaupt etwas anstellten, es interessiert mich nicht, und auch daß sie sich bald darauf scheiden ließen und ob ihre Scheidung mit ihrer Entdeckung etwas zu tun hatte oder nicht – mein Gott, es ist viel geredet worden, der Mann habe sich in die junge Eingeborene verliebt, hieß es in einer Gazette, eine Liebe über Zehntausende Kilometer und Zehntausende Jahre hinweg, die Liebe des Menschen schlechthin, die reine Liebe, gereinigt von Raum und Zeit sozusagen – und was sonst noch alles geredet und geschrieben wurde. Das alles interessiert mich nicht. Ich weiß nur, weitere zehn Jahre später war von diesem Volk niemand mehr übrig.

Und wissen Sie, was das Traurigste ist? Ich werde es Ihnen sagen: Das Volk war ausgestorben, aber seine Sprache lebte in einigen Worten und Sätzen noch eine Zeitlang im Urwald weiter.

Wie das, werden Sie fragen. Ja. Wie das!

Die Papageien. Die Papageien, diese bunten Archive der Natur, jeder von ihnen ein warmes, gefiedertes Lexikon, sie hatten sich die Worte gemerkt, und sprachen sie in den Wald hinein, sinnlos, ohne sie zu verstehen. Es war niemand da, der sie verstehen konnte. Es war nicht einmal jemand da, der darunter litt, daß er nichts verstand!

Ich könnte weinen über so viel Gottverlassenheit – und nun lasse ich Sie in Ruhe. Ich trinke um diese Zeit gern ein Glas Whisky, ich hoffe, Sie auch. Ich laß den Herrn Alfred ein Glas auf meine Rechnung an Ihren Tisch bringen.«

Dann ging Herr Pietzsch in seiner gebeugten Haltung, die rechte Hand flach auf den rechten Oberschenkel gelegt, zu seinem Tisch zurück.

Die allertraurigste Geschichte

»Ich habe gesehen, daß Herr Pietzsch letzten Mittwoch mit Ihnen gesprochen hat«, sagte Herr Alfred. »Ich bin natürlich neugierig. Es hat keinen Sinn, das zu leugnen, außerdem gibt es keinen Grund dazu, im Gegenteil: Neugierde ist meines Erachtens das einzig sichere Indiz für Intelligenz.«

»Sie wollen wissen, was er mir erzählt hat?«

»Ich würde es sehr gerne wissen.«

Herr Alfred sah aus wie unser Lateinlehrer ausgesehen hatte, und der hatte ausgesehen, wie ich mir damals einen englischen Landadeligen vorstellte: eine ums Kinn ins Olive schimmernde, wundervoll sauber rasierte Haut, ondulierte Haare, die Schläfenansätze grau, im Mittelteil brünett, an den Spitzen blond. Und Hände hatte Herr Alfred ganz besonders bemerkenswerte, flinke, sehnige und, wie es schien, durch nichts zu beschmutzende.

»Eine traurige Geschichte hat mir Herr Pietzsch erzählt«, sagte ich. »Sie handelte vom Untergang eines Volkes.«

»Oh«, machte Herr Alfred, blickte sich rasch im Kaffeehaus um, »diese Geschichte also, na ja …«

Dann eilte er zur Theke, schenkte Kognak in zwei Schwenker und kam zurück an meinen Tisch.

»Dann will ich Ihnen seine allertraurigste Geschichte erzählen. Trinken wir! Auf das Wohl unseres grauen Herrn Pietzsch!«

Wir tranken.

»Herr Pietzsch hatte eine Frau, und nichts an ihr war grau. Ich habe sie noch gekannt, sie war klein, trug immer adrette Kostüme, meist anthrazit, saß aufrecht auf der Kante des Sessels und wirkte streng. Aber wenn sie lachte, war sie lieblich und weich, und es war, als neigte sich das ganze Kaffeehaus ihr zu, und mancher mußte sich beeilen, das Bild zu korrigieren, das er sich von ihr im Kopf gemacht hatte. Manchmal kam sie allein hierher, manchmal gemeinsam mit ihrem Mann. Sie hielt seine Hand, gern tat sie das.

Sie waren beide schon an die fünfzig. Ich dachte damals, er schäme sich für diese Teenagergeste. Heute weiß ich, er war stolz darauf. Er wollte, daß man sah, wie sie ihm die Hand hielt. Er war stolz, sehr stolz sogar und dachte bei sich, das darf ich nicht sein, ich stoße die anderen Menschen vor den Kopf, wenn ich zeige, wie stolz ich auf meine Frau bin, das muß als erniedrigend empfunden werden von jedem, der es nicht ähnlich gut getroffen hat. Und deshalb hat er so getan, als ob er sich schämte.

So einer war Herr Pietzsch, so einer ist Herr Pietzsch. Wenn ich ihn ansehe, staune ich, weil er so kalte, so – verzeihen Sie – so böse Augen hat.

Und dann sagte eines Tages seine Frau zu ihm: Ich habe etwas im Hals.

Was hast du denn im Hals? fragte er sie.

Ich weiß nicht, sagte sie, vielleicht habe ich ein Haar im Hals stecken.

Wie spürst du es denn? fragte er.

Wenn ich lache, spüre ich es, sagte sie.

Trink ein Glas Wasser, sagte er.

Das habe ich schon getan, sagte sie.

Sie hüstelte. Eine Woche, zwei Wochen, vielleicht sogar drei Wochen lang hüstelte sie und räusperte sich in einem fort und hatte das Gefühl, ein Haar stecke ihr im Hals.

Dann kam noch etwas dazu, zu ihrem Lachen kam etwas dazu, meine ich. Wenn man lacht, stößt man mehr Luft aus als sonst, und man stößt die Luft mit Ton aus. Das nennt man Lachen. Das brauche ich Ihnen nicht darzulegen, das wissen Sie, das weiß jeder. Normalerweise atmet der Mensch beim Lachen mit Ton aus, aber nicht mit Ton ein. Frau Pietzsch konnte auf einmal nicht mehr anders einatmen als mit Ton. Verstehen Sie?

Es war eine traurige Wahrheit, und sie lautete: Der Tod kündigte sich bei ihr an, und er hatte ihr liebes Lachen gewählt, um sich anzukündigen. Eine seltsame Nervenkrankheit zwang sie nieder. Nach einem guten halben Jahr bereits saß sie im Rollstuhl.

Herr Pietzsch kam zu mir und sagte: Herr Alfred, ich werde immer kräftiger, und sie schwindet dahin. Es muß ihr weh tun, mich zu sehen.

Und ich, ich sagte: Dann, Herr Pietzsch, tun Sie doch vor ihr so, als seien Sie selbst auch nicht ganz gesund.

Und wissen Sie, was er sich einfallen ließ? Er spielte den Alkoholiker, der sich die Leber zu Schwamm säuft. Und ob Sie es glauben oder nicht, es tat ihr gut. Sie lachte wieder, sie lachte viel, beide lachten viel, und am meisten lachten sie, wenn er ihr von seiner kaputten Leber erzählte, die in Wahrheit gar nicht kaputt war.

Bitte, sagte sie, bitte, und sie konnte kaum noch richtig reden, niemand außer ihrem Mann konnte sie verstehen, bitte, geh zum Arzt, sagte sie, laß deine Leber untersuchen.

Jawohl, rief er, tat wie ein Betrunkener, ich geh zum Herrn Doktor, zum Herrn über Leber und Tod.

Und sie lachte über diesen Scherz, lachte toneinwärts und tonauswärts und konnte bald nichts weiter mehr bewegen als die Finger und die Lippen. Die Finger brauchte sie, um seine Hand zu halten, was ihn so stolz machte und wofür er sich auch schämte, und die Lippen brauchte sie, um zu lachen.

Zu mir sagte er im glücklichsten Ton und nagelte mich dabei mit seinen blauen, harten, bösen Augen in die Luft: Herr Alfred, Herr Alfred, sie fürchtet sogar, ich sterbe vor ihr! Ich soll es mir genau einteilen mit dem Leben, und damit meint sie, ich soll zusehen, daß ich nicht früher als sie sterbe. Herr Alfred, Herr Alfred, ich betrüge sie!

Und ich sagte: Aber, mein lieber Herr Pietzsch, sie wird es nie erfahren, daß Sie sie betrügen!

Dann starb sie. So. Aus. Fertig. Das ist die allertraurigste Geschichte, die ich kenne. Meinetwegen können ganze Völker aussterben, aber die kleine Frau Pietzsch mit ihrem Lachen, die würde ich gern herausholen aus dem Loch im Boden, in dem sie steckt.«

»Ja«, sagte ich.

Bevor Max kam, ging ich noch hinüber zu den Billardtischen. Wernhofer spielte gegen sich selber, und ich fragte ihn, wie dieser obszöne Song von den Rolling Stones heiße, den es nur als Raubpressung gibt. Über die Rolling Stones weiß Wernhofer nämlich alles.

Muchti, der Retter

Und dann las ich auf Seite acht in meiner Zeitung, die in meinem Café aufliegt, daß ein gewisser Bruno Feldkircher unter Einsatz seines Lebens einem verschütteten Touristenehepaar aus Essen in den Bergen zu Hilfe gekommen sei.

Mir war, als falle eine schmale Lichtspur auf mich. Denn: diesen Bruno Feldkircher kannte ich! Er konnte das F nicht aussprechen und stellte sich als Cheldkircher vor und konnte auch seinen Spitznamen nicht richtig aussprechen und wurde deshalb Muchti genannt.

Muchti war gelernter Elektroinstallateur. Mit seinen bärenhaft behaarten, immer etwas einwärts gekrümmten, groben Händen reparierte er die Märklinlokomotivchen aller Buben. Das waren warme und trockene Hände, und es tat wohl, wenn sie sich einem auf die Schultern legten oder wenn sie einen am Oberarm faßten.

Muchti hatte ein Vollmondgesicht und einen zerfetzten Bart, der alle möglichen Farben aufwies von schwarz zu rotblond und grau.

Er war mit einer herzensungebildeten Person verheiratet. Sie lieh ihren Mann her. Zu allen möglichen Verwendungen lieh sie ihn her, zum Beispiel um Flöhe zu vertreiben.

Jawohl, Muchti konnte Flöhe vertreiben! Auf diesem Gebiet war er priesterlich. Ich habe es selbst gesehen. Es war vor zehn Jahren, wir hatten drei Katzen, und alle drei hatten Flöhe wie die Arche Noah, und wir waren so ungeschickt, ihnen in der Wohnung Flohbänder überzuziehen, was zur Folge hatte, daß die Flöhe die Katzen verließen und zu uns überwechselten.

Eines Nachmittags sagte ich zu meiner Frau: »Schau her, einer hat im Wohnzimmer Tusche auf den Boden gespritzt, da sind lauter schwarze Punkte.«

Es waren aber keine schwarzen Tuschepunkte, sondern Flöhe.

Da sagte meine Frau: »In diesem Fall kann nur Muchti helfen.«

Sie telephonierte mit Muchtis Frau, Muchti wurde verliehen und Muchti kam.

»Geht schon«, sagte er.

Auf ewig unvergessen bleibt mir die folgende halbe Stunde! Muchti machte Liegestützen und Kniebeugen, bis er schweißnaß war, dann zog er sich nackt aus und ging breiten, langsamen, eben priesterlichen Schrittes durch unsere Wohnung.

»Die kleinen Chiecher sind cherrückt nach meinem Schweiß«, sagte er mit einer Stimme, die aus tief unten zwischen den Schlüsselbeinen zu kommen schien.

Die schwarzen Tuschepunkte flogen vom Boden ab auf Muchtis Waden.

»Laßt Wasser in die Wanne lauchen«, sagte er.

Muchtis nackter Körper war eine Sensation. Er hatte einen Hodensack von schafsbockartigen Ausmaßen, mit krummen, harten Haaren beworfen. Als gewaltige Doppelschelle schwang er zwischen seinen Beinen, war so schwergewichtig, daß er das Glied fast ganz in sich hineinzog.

Andächtig blickten meine Frau, meine Kinder und ich auf den herrlichen Muchti. Mit schwarzgepunkteten Beinen stieg er in die Badewanne und brachte die Sintflut über die kleinen Tiere.

Muchti hatte drei eheliche und drei außereheliche Kinder. Für alle wollte er sorgen, und er schaffte es nicht. Er schaffte es einfach nicht. Sogar an Weihnachten schaffte er es nicht. Mit Tieren konnte Muchti umgehen, mit den kleinen wie mit den großen – mit Geld nicht, weder mit dem kleinen und schon gar nicht mit dem großen.

Und immer wieder verliebte er sich. Und immer verliebte er sich in Frauen, die in Not waren. Er leckte Wunden, die von fremden Ehemännern geschlagen worden waren, und er reparierte Betten, in denen andere geliebt wurden.

Und eines Tages verliebte er sich in Sylvia. Sie war kaum zwanzig, ein verstörtes Mädchen aus einem Touristendorf. Sie war von zu Hause abgehauen und nach drei Monaten Großstadt war sie heroinsüchtig.

Muchti liebte sie und wollte sie retten. Er verließ Frau und Kinder und folgte ihr nach. Sie lebten zuerst in einer Wohngemeinschaft, dann über einem Lagerhaus, zuletzt in einem Neubau ohne Fenster.

Muchti besorgte für Sylvia das Gift. »Geht schon«, sagte er.

Sie küßte seinen Hodensack und sagte: »Danke, Muchti.«

Er sagte: »Geht schon.«

Aber dann ging es eines Tages nicht mehr, das heißt, Muchti konnte nicht mehr zusehen, wie sich Sylvia kaputtmachte.

Er sagte: »Sylvia, entweder du hörst auch mit dem Gicht, oder ich chang damit an.«

Sie sagte: »Ich kann nicht damit aufhören, Muchti.« – »Gut«, sagte er, »dann mach ich dir chon jetzt an alles nach.«

Er hatte an diesem Tag von einem heruntergekommenen Kleindealer ein paar Gramm Heroin gekauft. Er sagte: »So, Sylvia, zeig mir, wiechiel du nimmst.«

»Wenn du beim ersten Mal so viel nimmst wie ich«, sagte sie, »dann stirbst du.«

»Chon mir aus«, sagte er. »Das ist mir scheißegal.« Und ihr war es wohl auch scheißegal.

Sie machte sich eine Spritze, und er machte sich auch eine. Sie fiel ins Koma, und er spürte gar nichts. Er brachte Sylvia ins Krankenhaus und legte dem Arzt beide Spritzen hin.

»Ich bin gegen das Gicht immun«, sagte er.

Die Wahrheit lautete: Der heruntergekommene Kleindealer hatte den Stoff mit Milchzucker gestreckt, aber vergessen, ihn richtig durchzumischen. Muchti hatte den Milchzucker abbekommen, Sylvia das hochprozentige Heroin. Sie überlebte.

Dann verschwand Muchti. Manche sagten, er sei nach Afrika ausgewandert. Afrika sei von allen Kontinenten am meisten gefährdet. Dort sei für Muchti der richtige Platz, dort werde Muchti gebraucht.

Immer wieder, wenn ich mit Freunden zusammensaß, kam einer auf Muchti zu sprechen. Viele Geschichten gab es von ihm! Wir erzählten uns diese Geschichten, als wäre er selbst nicht mehr am Leben. Und dann las ich auf Seite acht in meiner Zeitung, die in meinem Café aufliegt, ein gewisser Bruno Feldkircher habe einem Touristenehepaar aus Essen in den Bergen das Leben gerettet ...

Aufgeschlagen auf Seite acht legte ich die Zeitung zurück auf den Zeitungstisch.

Muchti, der Atheist

»Erzähl uns noch eine Geschichte von Muchti«, sagte Rita, die wieder ihren bleichschwarzen Pullover trug.

Und Wernhofer, der Spezialist in allen Fragen der Rolling Stones, kam vom Billardtisch herüber und sagte: »Ich möchte auch mithören, was gibts?«

»Er erzählt von Muchti«, sagte Rita.

»Du bist mir auch noch eine Geschichte schuldig«, sagte ich zu Rita.

»Ja, ja«, sagte sie, »aber erst du.«

»Also gut«, sagte ich.

Es war nicht viel los im Kaffeehaus. Darum setzte sich nun auch noch Herr Alfred zu uns an den Tisch. Er brachte eine Flasche Grappa und vier Gläser mit.

»Aber nur bis Max kommt, dürfen wir ihn stören«, sagte er und schenkte exakt ein.

»Also gut«, sagte ich. »Muchtis herzensungebildete Frau las irgendwann, daß die Kirche neun Millionen Hexen umbringen hatte lassen, da trat sie einem Atheistenverband bei, und weil Muchti sie liebte, trat auch er bei.

Der mächtige Muchti mit seinen Prankenhänden legte sich mächtig ins Zeug, denn er wollte seiner Frau imponieren, und er wollte, daß sie stolz auf ihn ist und sich nicht für ihn schämen mußte vor den anderen Atheisten.

Er ergriff sogar aktiv Initiative und erkundigte sich bei seinen vielen Freunden, die ihm alle etwas schuldig waren, nach einschlägigen Flüchen. Er dachte, Flüche wie Gott soll deine Mutter in den Arsch ficken! oder Die drei besten Engel sollen verrecken! hebe sein Ansehen im Verein. Ihm selbst war dabei gar nichts an Ansehen gelegen, weder im Atheistenverband noch sonst irgendwo. Er lebte wie ein gesegneter Stein Gottes in den sonnigen Tag hinein. Er wollte lediglich seiner Frau dienlich sein.

Ach, ich konnte sie nicht leiden, ich gebs zu. Sie hatte eine wunderbare Figur, das schon, Brüste, die einem entgegensprangen, das ja, und eine blühende Taille hatte sie auch, und daß ihr oben links ein Zahn fehlte, war ein interessant verruchter Aspekt. Aber sie aß zu viel Gemüse, sie stank, ja, sie furzte ganz offen und ungeniert und wann immer ihr danach war.

Mit ihren Augen konnte sie den mächtigen Muchti aufspießen. Wenn sie ihn ins Visier nahm, sanken ihm die tätowierten Arme herab und mit ihnen die Mundwinkel, und er sagte: Geht schon.

Manchmal sagte Muchti einen halben Tag lang nichts anderes als: Geht schon. Mich hat das nicht gestört.

Jedenfalls machten die Oberatheisten den beiden gleich zu Anfang ihrer Mitgliedschaft mit scharfen Worten klar, daß der Atheistenverband eine durch und durch moralische Angelegenheit und daß Fluchen nicht nur nicht gut, sondern nachgerade schlecht sei.

Muchti entschuldigte sich, erklärte, nur er fluche, seine Frau habe noch nie geflucht, und er meldete sich freiwillig, die monatliche Broschüre des Verbandes auf der Straße zu verteilen.

Und so stand Muchti, der aufrechte Löwe, der Elektroinstallateur, der Karl Marx und Sartre in weiten Ansätzen gelesen hatte, vor der größten Kirche der Stadt und verteilte die Gazette des Atheistenverbandes und rief dabei: Gott ist tot! Nieder mit Chinsternis und Chron! Der Mensch ist chrei!

Das machte Muchti zwei oder drei Tage. Dann sprach ihn ein Geistlicher an.

Er sagte: Sie glauben mehr nicht an Gott, als ich an ihn glaube. Wie lebt es sich mit so viel Überzeugung im Herzen?

Geht schon, sagte Muchti.

Der Geistliche lud Muchti zum Essen ein.

Ich bin voll Zweifel, sagte er mitten im Schnitzel, ich zweifle, ob ich in Gott eine Person sehen darf, die gütig und gerecht ist.

Was spricht dagegen, fragte Muchti.

Er hatte sich nur Gemüsebeilagen bestellt und mampfte großflächig.

Manchmal denke ich, Gott ist überall, sagte der Geistliche, in den Sternen, in den Tannenzapfen, in Messer und Gabel und im Schnitzel.

Im Schnitzel kann ich Gott nicht chinden, sagte Muchti und hob das panierte Stück, das vor dem Geistlichen auf dem Teller lag.

Natürlich können Sie das nicht, sagte der Geistliche, Sie glauben ja, daß es ihn gar nicht gibt.

Irgend etwas Höheres gibt es sicher, sagte Muchti.

Aha, sagte der Geistliche. Aha! Und was soll das sein und wie soll es sein?

Ich nehme an, daß es gütig und gerecht ist, sagte Muchti, und süß, irgendwie süß. Süßigkeiten, philosophierte Muchti weiter, Süßigkeiten sind irgendwie allumchassend. Chiel mehr jedenchalls als Kartocheln.

Er hatte sich ein großes Himbeereis bestellt. Heiße Liebe.

Ja, ja, die süßen Wunden Christi, zitierte der Geistliche wehmütig und wischte sich über sein farbloses, formloses Haar. Wissen Sie, wenn Gott alles umfaßt, die Berge, die Tannenzapfen, das Besteck und das Schnitzel, dann ist er genausoviel wie gar nichts.

Nichts ist er, glaub ich, nicht, sagte Muchti, chür mich ist er doch eher alles.

Ich dachte, Sie sind Atheist, sagte der Geistliche.

Nicht unbedingt in allem, sagte Muchti.

In was denn zum Beispiel nicht?

Also, sagte Muchti, wenn mich einer direkt chragt, ob ich an Gott glaube ...

Was sagen Sie dann?

Dann sage ich ...

Was sagen Sie dann?

Dann sage ich ... also, dann sage ich: Wenn mein Schluckauch jetzt in einer Minute auchhört, dann glaube ich an ihn.

Der Geistliche und Muchti warteten eine Minute schweigend. Der Schluckauf meldete sich nicht mehr, und geläutert gingen sie beide ihrer Wege – natürlich nachdem der Geistliche zu seinem Schnitzel auch noch Muchtis Gemüsebeilagen, seine drei großen Biere und sein Himbeereis bezahlt hatte.«

Rita im bleichschwarzen Pullover zahlte meinen gro-ßen Schwarzen, Wernhofer meinen Topfenstrudel, Herr Alfred ließ den Schnaps auf Rechnung des Hauses gehen. Und dann war ich wieder allein an meinem Tisch.

Bevor Max kam, dachte ich noch ein wenig über das Weltall nach, und daß man schon ziemlich abgebrüht sein mußte, um in sternenklarer Nacht nicht auf die Knie zu fallen.

Das Haus am Fluß

Oft passiert es mir, daß ich von Wernhofer rede, und einer fragt, wer ist das, und ich sage, aber ich habe doch schon von Wernhofer erzählt, und ich bekomme zu hören, nein, von dem hast du noch nie erzählt.

Man vergißt ihn leicht, man übergeht ihn leicht, man merkt sich ihn nicht. An seinem Äußeren kann es nicht liegen. Er ist ein schönes Stück größer als die meisten. Schlank und wohlgebaut ist er, hat eine gerade Haltung, breite Schultern und einen interessanten, sehnigen Hals, der überaus männlich wirkt. Die Haare sind ihm schon früh ausgegangen, bis zur Hälfte des Kopfes ist er kahl.

Seine Lippen kräuseln sich bei jedem Wort, so daß man meinen muß, Wernhofer sei ein ironischer Mensch – was er eigentlich nicht ist. Er ist ein Zuhörer, ein aufmerksamer, nahezu nervend aufmerksamer Zuhörer. Er formt mit seinen Lippen die Worte des Sprechers nach. Das ist, als blicke man in einen sich kräuselnden Spiegel. Das nervt mitunter, zugegeben.

Wernhofer hat ein Hobby, er sammelt alles, was mit den Rolling Stones zu tun hat. Nicht nur alte Schallplatten und illegale Konzertmitschnitte sammelt er, sondern auch Zeitungsartikel, T-Shirts, benützte Gitarrenseiten, Mikrophonkabel. Von allen Mitgliedern der Gruppe besitzt er mindestens ein Autogramm, vom verstorbenen Brian Jones ebenso wie von den aus der Band ausgetretenen Mick Taylor und Bill Wyman.

Als Bub hat er zu sammeln begonnen. Inzwischen leidet er unter seiner Sammlung. Er will längst schon nicht mehr weitersammeln. Er ist Ende vierzig. Er kann nicht aufhören zu sammeln, das Gewissen würde ihn fertigmachen. Mir hat er einmal gestanden, er wünsche sich nichts sehnlicher, als daß die Gruppe The Rolling Stones offiziell aufgelöst würde.

»Meinetwegen«, sagte er, »meinetwegen soll sich Keith Richards die Gicht in die Griffhand ziehen, oder Mick Jagger soll von einer Stimmbandlähmung heimgesucht werden.«

Wernhofer drückt sich gern relativ ungewöhnlich aus. Er wählt mit verzweifelter Absicht Worte, die man von einem Rolling-Stones-Fan nie und nimmer erwarten würde.

Wernhofer spielt in meinem Café Billard, fast jeden Abend spielt er hier, ich weiß nicht, ob er Anhang hat, davon erzählt er nicht. Niemand fragt ihn irgend etwas. Er spielt immer nur gegen sich selbst oder mit sich selbst, ich weiß nicht, wie er es sieht. Manchmal setzt er sich zu mir an den Tisch, und wir plaudern.

Einmal, bevor Max kam, erzählte er mir eine kleine, zarte Geschichte aus seiner Kindheit.

»Ich war ein sehr ruhiges Kind«, sagte er, und ich zweifelte nicht daran, »ich konnte mich stundenlang selbst beschäftigen. Nicht einmal Spielzeug brauchte ich dazu. Alles, was ich brauchte, waren ein weißes Blatt Papier und einen Bleistift und einen Spitzer. Ich zeichnete.

Und eines Tags zeichnete ich einen Fluß, der an hügeligen Feldern vorbeizog. Vorne links grenzte ein Wald an sein Ufer, da ließ ich eine gelbe Stelle, das sollte ein Stück Strand sein. Ich zeichnete das Gras, das bis an den Waldrand reichte, und ich zeichnete es schräg, denn ich wollte, daß der Wind in das Gras fuhr. Und das wollte ich nur, um zu zeigen, daß der Wind vom Wald abgehalten wurde, und daß es auf meinem gelben Strand windstill war.

Ich mochte nämlich Wind nicht und mag ihn bis heute nicht, denn ich bekomme Ohrenschmerzen davon.

Nach jedem Zentimeter, den ich zeichnete, mußte ich den Bleistift nachspitzen, was ich zeichnete, war winzig. Ich zeichnete eine Taschenlampe, denn ich ahnte, daß es auch auf einem Bild Nacht werden könnte, und da wollte ich gewappnet sein. Ich zeichnete eine winzig kleine Zündholzschachtel und eine winzig kleine Kerze, für den Fall, daß die Batterien in der Taschenlampe leer würden. Einen Schirm zeichnete ich – es hätte ja regnen können. Schokolade zeichnete ich und ein Wurstbrot und eine winzige Flasche Coca Cola.

Schließlich war von meinem gelben Strand – den ich mir, wenn ich genau sein will, ja nur gelb vorstellte – nichts mehr zu sehen, so voll war er mit winzigen Gegenständen, die ich zum Leben unbedingt brauchte.

Da beschloß ich, ein Haus zu bauen.

Ich zeichnete das Haus über die Taschenlampe, über die Zündhölzer und die Kerze, über Wurstbrot, Schokolade und Coca Cola. Ich wollte ja all diese Dinge im Haus haben. Es wurde ein dunkles Haus – klar: die Dinge mußten übermalt werden.

Von Anfang an hatte ich Sorgen. Es schien mir verwegen, ein Haus zu bauen. Ich dachte, dazu bist du wirklich noch zu klein. Ich dachte: Du hast dich übernommen. Mein Haus am Fluß war eine Herausforderung an das Schicksal.

Und aus irgendeinem Antrieb heraus – frag mich nicht –, zeichnete ich Wolken an den Himmel. Ich spitzte den Bleistift nicht nach, es war ein weicher Bleistift. Die

Wolken wurden fett, bauchig, geladen, sie glänzten gefährlich.

Ein Gewitter zog auf in meinem Bild.

Gut, dachte ich, ich werde mein Haus schützen, und ich zeichnete einen Blitzableiter auf das Dach. Ich wußte nicht, wie so ein Blitzableiter funktioniert. Ich setzte ihn mitten auf das Dach.

Was aber, dachte ich nun, wenn der Blitz nicht genau mitten auf das Dach schlägt? Während ich die Wolken immer dichter schraffierte, zeichnet ich flugs rechts und links auf den Giebel je einen weiteren Blitzableiter.

Aber wieso sollte ein Blitz nur auf den Giebel eines Hauses schlagen dürfen? Wo steht denn das geschrieben? Auf den Dachflächen ist ja noch Platz genug.

Ich zeichnete, zeichnete Blitzableiter, das ganze Dach übersäte ich damit.

Und die Wände? Kann es nicht einen Blitz geben, der von der Seite kommt? Ich dachte ja. Also schnell: Blitzableiter an die Wände.

Am Ende sah mein Haus am Fluß aus wie ein Igel. Und noch immer hatte ich Sorgen. Dicht an dicht standen die Blitzableiter, aber noch immer hatte ich Sorgen ...«

Tief seufzte Wernhofer.

Jetti Lenobels Oma

Bevor Max kam, kam Jetti.

Jetti Lenobel ist um zwei Tage älter als ich, ihr Haar ist so widerspenstig wie eh und je, und niemand soll ihr glauben, daß es früher glatt und seidig war.

»Setz dich zu mir, Jetti«, sagte ich.

»Nein«, sagte sie, »ich will dich nur etwas fragen.«

Sie ging neben meinem Tisch in die Hocke, spreizte dabei ihre Beine zu einem breiten V. Mit Jetti hätte ich immer gern etwas gehabt, sie hat eine wahnsinnig anmachende Oberlippe mit Sommersprossen darauf.

»Ich habe dir doch die Geschichte von meiner Oma erzählt«, sagte sie, ohne mich anzusehen, meine Verlegenheit war ihr seit jeher peinlich. »Welche Version habe ich dir da erzählt?«

»Was meinst du damit?« fragte ich.

»Ich habe Briefe von meiner Oma gefunden und möchte ein Feature daraus machen«, sagte sie.

Jetti arbeitete als freie Mitarbeiterin beim Rundfunk. Ihr Spezialgebiet war die poetische Reportage, aus einem Haufen gemähtem Gras konnte sie Gold machen, und ein Bericht über eine normale Nacht bei der Funkstreife wurde unter ihrer Regie zur Apokalypse.

Sie hat schon viele Preise bekommen. Jedesmal hat sie das Geld vorbildlich gespendet. Ihr Mann war ein erfolgreicher Anwalt, Mitglied bei amnesty international, sie lebten mit einem eigenen und einem adoptierten Kind in einer geerbten Riesenwohnung mitten in der Stadt.

Jettis Leben war Schönheit, Reichtum, Erfolg und moralische Größe. Wie parteiisch das Schicksal doch ist, dachte ich: Charmant war sie nämlich obendrein.

»Du meinst, deine deutsche Oma, die mit dem Koffer, die ...«

»Danke«, schnitt sie mir das Wort ab, sprang auf und war weg.

Ihre Oma – diese Geschichte hatte mir Jetti erzählt – sei eine große, lotrechte, nie lachende Frau gewesen, gütig und dennoch herzlos, mit allem beschäftigt, an nichts interessiert. Sie stammte aus Nürnberg, hatte als reife Frau einen Stein nach Adolf Hitler geworfen, als der im offenen Wagen durch die Stadt fuhr. Sie war nicht erwischt worden. Aber sie hatte laufen müssen, und bis zum Ende des Krieges hatte sie die Stadt nicht mehr betreten, und dann war die Stadt nicht mehr wiederzuerkennen gewesen und nicht mehr die ihre.

Sie zog mit ihrer Tochter und deren Mann nach Wien und besorgte dem Paar den Haushalt. Der Schwiegersohn wurde ein bekannter Journalist, man konnte sich bald eine große Wohnung in der Innenstadt leisten, in der Jettis Oma selbstverständlich ein eigenes Zimmer, selbstverständlich ein eigenes Bett, selbstverständlich einen eigenen Kleiderkasten besaß.

Aber Jettis Oma war merkwürdig. Vielleicht war sie erst merkwürdig geworden, vielleicht war sie ja schon immer merkwürdig gewesen, und es war nur niemandem aufgefallen unter den merkwürdigen Umständen des verrückten Krieges – sie lebte aus dem Koffer. Sie weigerte sich, ihre Wäsche in den Kasten zu geben. Ihre Kleider, Mäntel, Jacken hängte sie außen an den Schrank. Alles andere, Blusen, Unterzeug, Strümpfe, aber auch die wenigen Habseligkeiten, die sie besaß – eine Kunstlederbibel, ein Schmuckkästchen mit einer Brosche, ein Paar Ohrringe, Ehering, Soldbuch und Militärmarke ihres im ersten Weltkrieg gefallenen Mannes, aber auch das Glasfläschchen mit dem Aluminiumdrehverschluß, in das sie alle Monate Kognak nachfüllte – bewahrte sie in ihrem scheckig braunen Lederkoffer auf.

Und: Sie schlief nicht in ihrem Bett, sondern auf dem Sofa in der Küche. Jeden Abend tat sie so, als sei es nur vorübergehend, nur ausnahmsweise. Auf dem Bett in ihrem Zimmer stapelten sich Pappkartons, in denen sie die Ausgabenbelege ihres Schwiegersohnes aufbewahrte. Jettis Oma erledigte nämlich seine Steuerangelegenheiten.

Jetti Lenobels Oma lehnte jede Form der Seßhaftigkeit ab. In der riesengroßen Wohnung gab es nicht einen Platz, der der ihre gewesen wäre, nicht ein Bild hing an der Wand, das ihr etwas bedeutete. Nicht eine einzige Begebenheit aus ihrem Leben erzählte sie in all den Jahren, nicht ein einziges persönliches Wort kam je über ihre Lippen.

Bevor sie starb, bat sie Jetti, alles, was an sie erinnerte, zu verbrennen. Und Jetti tat, worum sie ihre Großmutter gebeten hatte. Es habe kein großes Feuer gegeben, erzählte Jetti.

»Dauerte nicht länger als drei Zigaretten.«

Nur ein Bündel mit Briefen, das Jetti zuunterst im Koffer gefunden hatte, getarnt, eingewickelt in graue Seidenstrümpfe, das verbrannte sie nicht. Es waren Liebesbriefe.

Liebesbriefe an wen? An ihren im Krieg gefallenen Mann? Nein, mehrere Briefe waren nach seinem Tod geschrieben worden. Warum war Jettis Oma überhaupt im Besitz dieser Briefe? Hatte der Adressat, wer immer er auch war, sie an sie zurückgeschickt? Warum? Oder waren die Briefe gar nie abgeschickt worden?

Einige Zeit, nachdem Jetti im Café neben meinem Tisch in die Hocke gegangen war, wurde ihr Feature gesendet. Es trug den Titel: Jetti Lenobels Oma.

Man wisse nicht, an wen die Briefe gerichtet seien, sagte die Erzählstimme im Radio – die mir übrigens als Synchronstimme eines amerikanischen Schauspielers gut im Ohr war. Überhaupt: daß es sich um Liebesbriefe, also um Briefe an einen Geliebten, handelte, davon kündeten lediglich die Anreden – »Mein verrückter, bitterer Geliebter« oder »Mein wahnsinniger« oder »Mein gefährlicher, mein rasender« oder »Mein unglaublicher, königlicher« oder »Mein mich zerreißender Geliebter« – und der letzte Satz, der bei jedem Brief gleich lautete und immer doppelt unterstrichen war: »Ich liebe Dich«.

Die Briefe selbst handelten von nüchternen Alltäglichkeiten, Winzigkeiten, die allerdings, zwischen Anrede und letztem Satz gespannt, eine heimatlose Verruchtheit bekamen und den Eindruck eines irrlichternden Lebens hinterließen.

»Warum«, stellte ich Jetti später zur Rede, »warum hast du mich gefragt, welche Version dieser Geschichte du mir erzählt hast? Gibt es etwa noch eine andere Version?«

»Es gibt immer noch eine andere Version«, sagte Jetti, »von jeder Geschichte.«

»Stimmt«, sagte ich.

A. P. aus Polen

Im Sommer 1973 war ich zusammen mit meinem Vater und einem Freund in Polen.

Dieser Freund war mein bester, mein Herzensfreund, mein Bruder, wir standen beide am Beginn unseres Studiums, er in Innsbruck, ich in Deutschland draußen. In den Ferien sahen wir uns, da alberten wir herum, spielten Gitarre und versicherten uns gegenseitig, daß es eigentlich nur an zwei Dingen liegen könne, wenn wir beide nicht ein so erfolgreiches Duo werden würden wie Paul McCartney und John Lennon oder Mick Jagger und Keith Richards, nämlich daß wir erstens in der Provinz lebten und zweitens nicht Englisch sprachen. Daraus wuchs Trotz. Und Depression. Und eine gewisse Herablassung uns selbst gegenüber.

Warum haben Engländer, Amerikaner oder Kanadier nach dem Krieg nicht die deutsche Sprache verboten und ihre eigene befohlen, wie man es von Siegern wohl erwarten dürfte? Niemand hätte ihnen einen Vorwurf daraus machen können, wir beide aber würden sie dafür geliebt und gelobt und uns an ihrer Sprache gelabt haben.

Die Reise nach Polen, zu dritt, in meines Vaters metallblauem Toyota Cressida mit Automatik war süßer, süffiger Trost in unserer ethnischen Verzagtheit. Polen war ohne Zweifel noch mehr Provinz als wir, und Polnisch von Englisch so weit entfernt wie der Nordpol vom Südpol. Wir wußten, für die Polen würden wir fremd sein, interessant fremd, ungefähr so interessant fremd wie für uns ein Mensch aus Liverpool oder aus San Francisco oder gar aus Albuquerque, woher zu stammen allein aus phonetischen Gründen eine Wonne sein mußte.

Wir fuhren also durch den Kommunismus, der uns im großen und ganzen gar nicht so schlecht vorkam. Karg und auf eine hinterlistige Art ehrlich kam er uns irgendwie vor, proletariermützenhaft und wie aus einem Treatment von Bertolt Brecht, wie der Hintergrund zu einer verkratzten Schallplatte von Ernst Busch. Und als wir während der Fahrt erfuhren, daß im fernen Chile Salvador Allende erschossen worden war, da fühlten wir uns für einige Tage wie zwei solidarische Tropfen in einer riesigen Woge des Guten.

Mein Vater interessierte sich für andere Dinge. Er schaute den Frauen auf der Straße hinterher, grübelte über Neonkreuze auf katholischen Kathedralen nach, kaufte in finsteren Straßennischen von Männern in Drillichjacken und Kohlenhosen einen geräucherten Aal, der in Zeitungspapier gewickelt war und den er nachts im Zelt unter lautem Knurren aß, was zur Folge hatte, daß das Zelt drei Tage lang so sehr nach Fisch stank, daß es nicht zu betreten war, was wiederum die Voraussetzung dafür schuf, daß ich A. P. nicht nur einfach kennenlernte, sondern daß ich eine Nacht mit ihr zusammen war.

A. P. war eine junge Kommunistin, die zusammen mit ihrer Gruppe ein Wochenende auf einem Campingplatz in der Nähe von Bialystok verbrachte. Dort sollte und wollte sie in dialektischem und historischem Materialismus geschult werden.

Sie konnte ganz wenig Englisch, noch viel weniger als ich. Aber sie kannte alle Beatles-Songs von der Platte »Revolver«, und – so unwahrscheinlich es klingen mag – wir beide, A. P. und ich, wir verständigten uns mit Hilfe dieser Songs, mit Hilfe dieser Songs und unserer Lust.

Weil unser Zelt unbetretbar war und verwaist in der Wiese lüftete und wir drei, mein Vater, mein Freund und ich, deshalb in diesen kleinen Holzhäuschen schliefen, die damals auf polnischen Campingplätzen standen, und weil diese Häuschen so unsäglich billig waren und jeder von uns dreien es bitter nötig hatte, wenigstens zwei Nächte allein zu sein – darum hatten wir gleich drei Häuschen gemietet.

Meines lag abseits in einem Wäldchen. Dorthin führte ich A. P. Dort saßen wir nebeneinander auf der Holzpritsche und summten »I'm Only Sleeping«, wenn es uns zu still war. Dort küßten wir uns, dort griffen wir uns scheu zwischen die Beine.

Mehr geschah nicht. Denn A. P. war auf eine karge, hinterlistig ehrliche Art katholisch. Ihre Zähne blitzten in der Nacht, und ihr Mund roch nach Aprikose.

Dann verlosch die volkseigene Kerze, und wir konnten uns nur noch hören und spüren.

Sie sagte: »Please, don't wake me.«

Ich sagte: »No, don't shake me.«

Und sie: »Leave me where I am.«

Und ich: »I'm only sleeping.«

Und dann probierte ich bei ihr etwas aus. Ich neigte mich zu ihr, hielt ihren Kopf zwischen meinen Händen und öffnete mit meiner Zunge ihr Augenlid. Erst blinzelte sie, ich spürte ihre Wimpern, die wie kleine Rechen waren. Ich wollte sagen, »when I'm in the middle of a dream«, aber dazu hätte ich meine Zunge zurückziehen müssen, und das wagte ich nicht, denn vielleicht hätte sie einen zweiten Vorstoß abgewehrt. Also summte ich nur die Melodie, und sie summte mit. Vorsichtig fuhr ich mit meiner Zunge über ihren Augapfel. Er fühlte sich kühler an, als ich erwartet hatte. Sie ließ es geschehen. Ihr Nacken wurde weich. Meine Spucke mischte sich mit ihren Tränen. Sie mochte es.

Sie sagte: »Keeping an eye on the world.«

Ich dachte: Wie werde ich das morgen meinem Freund erzählen? Und: Was wird er wohl im Augenblick machen, und was wird wohl mein Vater im Augenblick machen, und wettete mit mir selbst, daß ich es von uns dreien am besten getroffen hatte.

Dann ließ ich A. P. aus meinen Armen und sagte: »Going by my window.«

Das fiel mir ein, bevor Max kam. Warum eigentlich? Ich saß in meinem Kaffeehaus, und da kriegte ich etwas ins Auge. Das war der Grund. Glaube ich.

Herr Alfred, leicht betrunken

»Was hier allein in meinen zwanzig Jahren geredet und gestikuliert worden ist«, sagte Herr Alfred, »das ergäbe eine Enzyklopädie von Charakteren, wie sie keine Bibliothek der Welt je gesehen hat.

Wissen Sie, woran ich denke? An die Frau des Malers denke ich, die so viele Liebhaber hatte und dann noch eine Reihe ehemaliger Liebhaber, die ihr als Ratgeber dienten. Daran denke ich.

Sie hieß Lisa. Diese Frau, die klein war und ein Clownsgesicht hatte und zu einem kühnen Busch toupierte Haare, und die, wie sie mir – nur mir bitte! – einmal gestand, in ihrer Jugend von Pickeln geplagt worden war, die wie blühende Sternbilder auf ihrem Rücken sprossen, sie war begehrt, sage ich Ihnen.

Und mir verriet sie ihr Geheimnis: Für jeden ihrer Liebhaber war sie eine andere. Zu jedem ihrer Liebhaber sprach sie anders. Vor jeder Verabredung war sie aufgeregt, weil sie nicht wußte, was diese andere heute wohl reden würde, wie sie sich aufführen würde. Sie war verliebt in ihre Rollen, und das übertrug sich. Sie wurde geliebt.

Da gab es zum Beispiel einen Schriftsteller, ein Genie fürchte ich, der liebte die Dame bis zum Wahnsinn. Aber sie schien ihn nicht zu bemerken. Ich besorgte mir einen Roman von ihm. Er hat mir gar nicht gefallen. Er war so nüchtern geschrieben, und außer einer Menge von Worten, die selten sind, fand ich nichts Interessantes darin.

Er saß jeden Tag hier im Café, dort vorne neben der Eingangstür, und blickte hinüber zu dem Tisch, an dem Lisa saß und auf ihre Liebhaber oder ihre Ratgeber wartete.

Er tat mir leid, und darum beschloß ich, ihm zu helfen.

Ich unternahm etwas Tadelhaftes. Ich drücke mich absichtlich so aus, wie sich der Schriftsteller in seinem Roman ausdrückte. Ich habe einen von Lisas ehemaligen Liebhabern bestochen, einen ihrer Ratgeber.

Ich sagte zu ihm: Hören Sie, mein Herr, ich weiß, Sie zählen das Kleingeld, wenn Sie eine Gulaschsuppe bestellen. Ich biete Ihnen ein Gratis-Abonnement auf Gulaschsuppe für zwei Monate, wenn Sie mir alles sagen, was Sie über Lisa wissen.

Er war sofort einverstanden, der billige Verräter, Schauspieler, Alkoholiker, Kettenraucher, gulaschsüchtig ...«

»Herr Alfred«, unterbrach ich sanft, »Herr Alfred, Ihre Geschichte ... sie klingt so russisch. Wollen Sie mir etwas versprechen?«

»Was soll ich Ihnen versprechen?«

»Daß Sie mir, bevor Max kommt, sagen, ob Sie mir einen Bären aufgebunden haben.«

»Gut«, sagte Herr Alfred. »Ich verspreche es Ihnen. Aber nun unterbrechen Sie mich bitte nicht mehr.

Ich hätte mir das Gulaschabonnement sparen können. Dieser Herr erzählte mir nichts, was ich nicht schon geahnt hätte.

Sie ist eine anstrengende Frau, sagte er, eine anspruchsvolle Frau. Es gibt nichts, was sie nicht schon bald langweilt. Sie ist verrückt nach Abwechslung. – So der Judas.

Ich beriet mich mit dem Schriftsteller.

Es ist, wie es immer ist, sagte ich, sie will einen haben, der ihr ähnlich ist. Also halten Sie sich daran.

Was soll ich tun, fragte er.

Sie haben doch einen großen Wortschatz, sagte ich, ich

fürchte sogar, Sie sind ein Genie. Nehmen sie sich ein Beispiel an Ihrem Kollegen Balzac! Der hat dreitausend Charaktere erfunden, und alle hat er sie anders sprechen lassen. – Das hatte ich aus einer Illustrierten.

Ach, Balzac, stöhnte der Schriftsteller, ich habe nie ein Buch von ihm gelesen.

Was haben Sie denn für Bücher gelesen, fragte ich.

Keine, sagte er. Ich gehe ins Kino, das muß genügen.

Gut, sagte ich. In einer halben Stunde wird Lisa das Café betreten. Spielen Sie ihr den Mann mit dem gebrochenen Herzen vor, der aus Marokko zu Besuch nach Wien gekommen ist. Denken Sie an Humphrey Bogart und Ingrid Bergman!

Ich sage Ihnen, es funktionierte! Der Schriftsteller trat an Lisas Tisch, verbeugte sich, ich konnte nicht verstehen, was die beiden miteinander sprachen, aber schon nach einer kleinen Viertelstunde verließen sie das Café, und ich wußte, wohin sie gehen würden – in ein kleines Hotel im Tiefen Graben. Auch dieses Detail hatte mir der gulaschsüchtige Judas verraten.

Aber ich sage Ihnen, der Poet hatte kein Phantasie. Er war vielleicht ein Genie, aber Phantasie hatte er keine.

Am nächsten Tag kam er und fragte: Herr Alfred, wen soll ich heute spielen.

Und ich sagte: Worauf hätten Sie denn Lust?

Er sagte: Bogart war sehr anstrengend.

Ich verstehe, was Sie meinen, sagte ich, dann spielen Sie heute Woody Allen.

Wie, fragte er.

Lassen Sie Ihre Krawatte in Lisas Weinglas hängen, wenn Sie ihr einen Handkuß geben, sagte ich.

Er tat es, und wieder verging keine Viertelstunde, bis die beiden das Café verließen.

Am dritten Tag sagte ich: Mein Herr, heute sind Sie Dean Martin.

Ich stellte ihm einen Whisky auf den Tisch, zeigte ihm im Spiegel, wie er den Mund verziehen sollte, damit der unverwechselbare Grinser herauskam – und wieder bekam das Hotel am Tiefen Graben Kundschaft.

Am vierten Tag spielte er einen verantwortungsvollen Charlton Heston, am fünften Tag eine Nervensäge im Stil von Jerry Lewis.

Das ging eine Weile so, dann eines Tages kam er und sagte: Es ist aus.

Warum? fragte ich. Haben Sie ihre Rollen nicht gut genug gespielt? Haben Sie mit Ihrem Wortschatz gegeizt?

Keines von beiden, jammerte er. Lisa sagt, es sei langweilig, mit jemandem zusammen zu sein, der immer ein anderer ist.

Aber sie ist doch auch immer eine andere, sagte ich.

Lisa meint, sagte er, wenn zwei zusammen sind, die immer anders sind, dann sei das gleich, wie wenn zwei zusammen sind, die immer gleich sind, und sie ertrage es nicht, wenn immer alles gleich sei. Tja ...

Sie meinen, meine Geschichte klinge russisch?«

»Ja, irgendwie klingt sie russisch«, sagte ich und blickte in das lächelnde Gesicht von Herrn Alfred.

»Ich habe einen Schwips«, sagte er. »Denn heute ist mein Geburtstag.«

Wolken bis auf Schulterhöhe

»Rita«, sagte ich, »du bist mir noch eine Geschichte schuldig. Setz dich an meinen Tisch!«

»Ich warte auf jemanden«, sagte sie.

»Ich warte auch auf jemanden«, sagte ich.

Wernhofer kam von den Billardtischen herüber.

»Was gibts?« fragte er in heiterstem Ton.

Er behielt den Mund offen, als würde das die Antwort fördern. Seine hohlen Wangen zogen sein Gesicht geisterbahnhaft in die Länge.

»Rita hat mir vor kurzem erzählt, wie sie mit ihrem ersten Mann nach London gefahren ist«, sagte ich.

»Wie sie ihm davongelaufen ist?« fragte Wernhofer, und weil man bei seinem Lächeln sehen konnte, daß ihm vorne oben nur noch die Schneidezähne geblieben waren, erschrak man, auch wenn man bereits fast alles über ihn wußte.

»Eben«, sagte ich. »Aber was ich nicht weiß, ist, wie es Rita geschafft hat, daß sie fast eine Millionärin geworden wäre.«

»Echt, Rita?« fragte Wernhofer, »Pfundmillionärin?«

»Ach, ihr«, schäkerte sie und gab uns jedem einen Faustschlag an die Brust, die durchtrainierte Rita. »Also schwer in London waren eigentlich nur die ersten zwei Wochen. Da wäre ich fast verreckt vor Dreck, so eine Scheiße, sag ich euch, und vor Hunger, das Letzte, was ich im Bauch hatte, habe ich ausgekotzt. Ich habe im Hyde Park geschlafen, und da hast du Haschisch in dich hineingezogen, als ob es frische Semmeln wären, den ganzen Tag bin ich herumgelaufen, als hätte ich Wolken auf den Schultern ...«

»Versteh ich nicht«, sagte Wernhofer, und seine Augenlider flatterten.

»Ich eigentlich auch nicht«, sagte ich.

»Also ich kann mir das nur so erklären«, sagte Wernhofer und war auf einmal außer Atem, schluckte und verschluckte sich. »Einen Augenblick, ich habs gleich«, sagte er. »Entschuldige, Rita, darf ich das schnell erzählen? Ihr werdet es mir nicht glauben, aber einmal im Herbst in der Nähe des Neusiedlersees stand ich am Abend mitten in einem Feld, und da reichten mir die Wolken bis an die Schultern. Ich will jetzt nicht deine Geschichte wegschieben, Rita, aber das muß ich erzählen. Darf ich?«

Rita und ich nickten nur, es war ungewöhnlich genug, daß Wernhofer von sich aus etwas erzählen wollte.

»Ja«, sagte er, »die Wolken, die langen, schwarzen, kamen vom Himmel herunter wie auf einer Rutschbahn, genau auf mich zu, und ich dachte, so, nun ist das Jüngste Gericht unterwegs, obwohl mir das doch übertrieben vorkam, so ein Aufwand für mich allein, man stelle sich das vor, wieviel Zeit da aufgewendet werden muß und Regenwasser und schräge Sonneneinstrahlung, wenn für jeden, der lebt und dann auch noch für alle, die schon gestorben sind, ein eigenes Wetter produziert wird beim Jüngsten Gericht. Aber, dachte ich gleichzeitig, wenn es weniger wäre, dann wärs ja auch nicht das Jüngste Gericht, dann wärs eine Nachttischkästchenbeleuchtung und nicht religiösen Ursprungs, und ich machte mich bereit.

Ich wollte mich fürs Jüngste Gericht bereit machen, aber ich wußte nicht wie. Wie bereitet sich der Mensch auf das Jüngste Gericht vor? Das weiß niemand. Das muß ehrlich jeder zugeben, da ist jeder blank.

Ach, könnte man es nur in den Handlinien lesen! Aber man kann nicht.

Und da ließ ich einfach alles los. Ich war froh, daß ich knapp vorher an einem Baum mein Wasser abgeschlagen hatte, ich würde sonst keinen guten Eindruck gemacht haben, bei wem auch immer, bei wem auch immer.

Ich breitete die Arme aus und dachte: Es wird in Form einer himmelbeherrschenden Erscheinung geschehen, was du dir in diesem Augenblick wünschst.

Und da schoß mir ein Wunsch durch den Kopf, den ich noch nie gewünscht hatte. Ich wünschte, daß beim Jüngsten Gericht Elvis Presley der Vorsitzende sei. Ich wünschte mir, daß er in seinem weißen, glitzernden Anzug in der langen, schwarzen Wolke steht, in dem Anzug mit diesem hohen weiß-silbernen Kragen, in dem die Backenbärte verschwinden wie zwei längliche Pelztierchen in einem Eisbecher.

Und eine Hundertstelsekunde später dachte ich, nein, nein, nein, doch nicht Elvis, der mir nie gefallen, was soll ich mit Elvis anfangen, der wird mich verurteilen, der hat keine Ahnung von meinem Leben, und ich habe keine von seinem.

Aber es war zu spät. Ich bildete mir ein, einen silberweißen Schimmer zu sehen, der sich über mir erhob, der die lange, schwarze Wolke wie einen Schacht vom Himmel durchstrahlte. Und ich meinte, eine Stimme zu hören, die klang wie aus einem Bagger und einer zerkratzten Schallplatte gemischt, und die Stimme sagte etwas, was ich nur schwer verstand, denn es war Englisch mit einem amerikanischen Südstaatenakzent. Nur so viel konnte ich mir zusammenreimen, daß jemand durch die eisigen

Himmel gefahren, auf Milchstraßen geritten und in die tiefsten, pelzigen Schlünde gestürzt sei, aber keinen Gott gefunden habe, keinen Gott, nein, keinen Gott.

Was habe ich angerichtet, dachte ich. Aber, dachte ich, wie soll das meine Phantasie in die Welt hineingegeistert haben, ich habe doch gar keine Phantasie. Ich bin ein Sammler von allem, was mit den Rolling Stones zu tun hat. Jeder weiß, daß Sammler matte, phantasielose Geschöpfe sind, die nichts Eigenes hervorbringen.

Und nun bekam ich Angst. Wenn Elvis der Richter ist, dann habe ich ausgeschissen, dachte ich. Der ist ungebildet und ungerecht und haßt mich, weil ich nicht ihn sammle ...

Ich sage euch, es waren schreckliche Minuten, schreckliche Minuten ...«

»Wernhofer«, sagte ich ziemlich leise, »Wernhofer, du, um Gottes willen, du ...«

Und Rita sagte noch leiser: »Ja, um Gottes willen, Wernhofer!«

Wernhofer hob die Schultern, seufzte, drehte den Kopf etwas und ging zu seinem Billardspiel zurück.

»Bitte«, sagte Rita zu mir, »bitte, sag Max nichts davon, ja.«

»Natürlich nicht«, sagte ich.

Bevor Max kam, rief ich zu Hause an, konnte nicht anders, erzählte meiner Frau, was soeben im Kaffeehaus vorgefallen war.

»Seid ganz ungezwungen zu ihm«, sagte sie.

Am Abend eines heißen Tages

Es war am Abend eines heißen Tages. Ich liebe es, wenn die Berberitzen ihren Abendduft ausströmen und der sich mit dem Staub der Stadt mischt.

Um die Ecke bei meinem Café wachsen Berberitzen über einen gußeisernen Zaun. Das Haus dahinter war hell erleuchtet, als ich daran vorüberging. Da sah ich Caligula aus der Tür treten. Er verabschiedete sich von einer jungen Frau, sie legte ihre Arme an seinen Körper, und es sah aus, wie wenn ein Kind so tut, als wollte es die Weltkugel umarmen.

Als Caligula auf die Straße trat, bemerkte er mich.

»Gehen wir ein Bier trinken«, fragte ich ihn und war verlegen.

»Gern«, sagte er. »Wirklich gern.«

Wir waren ein riesiger Schatten und ein kleiner. Caligula wankte wie eine zu seinem Spott aufgetürmte Gelatinemasse. Er war noch dicker geworden. Nun wird er gar zweihundert Kilo haben, dachte ich.

Im Café mußte er auf einem der Sofas Platz nehmen.

»Du willst wissen, was ich in diesem Haus zu suchen hatte«, sagte er.

»Natürlich will ich das wissen«, sagte ich. »Erzähl es mir!«

»Ich habe meinen Schutzengel besucht«, sagte er und lachte, eingepreßt zwischen den Dampfhämmern seiner Backen. »Vor fünf Monaten, im Februar, in der vollen Kälte, bin ich zum Donaukanal gefahren und habe meinen Skoda unter dem Pfeiler der Augartenbrücke abgestellt und habe nicht mehr über mein Leben nachgedacht, das nicht, nein. Die habe ich aus mir hinausgeworfen, diese Gedanken, wie Randalierer aus einem Gasthaus habe ich sie mit dem Bauch hinausgedrängt. Früher, als ich so um die hundertzehn hatte, war ich in den Semesterferien einmal Rausschmeißer im Schweizerhaus gewesen, ich kenn mich aus, du.

Ich bin eine Katastrophe, sagte ich mir. Es waren erst wenige Tage vergangen, da hatte ich klipp und unbarmherzig klar aus dem Mund meiner blonden Lederfrau erfahren, daß sie mich in massenhafter Weise betrügt, so daß auf ihrer Haut nicht ein Quadratmillimeterchen mehr vernünftig für mich bewohnbar ist.

Du weißt nicht, wie es sich als ein überflüssiges Ärgernis mit Bewußtsein lebt. Tagsüber im Atelier werbe ich für vernünftige Dinge wie Schokoriegel, und die Schönen, die Schlanken sind meine Lockmittel, sind meine Köder. Aber, mein Lieber, was bin ich – ich?

Das hatte ich unter dem Pfeiler der Augartenbrücke gedacht, mit meinem Leben hatte das nichts zu tun. Mein Lebensplan war ein äußerst kurzfristiger, ein zehn Minuten langer vielleicht noch. Und zwei Lebensmittel benötigte ich nur noch – einen Schlauch und eine Rolle mit breitem Klebeband –, mehr brauchte ich nicht mehr.

Lebensmittel nannte ich diese Todbringer, entschuldige, wenn ich rede, als wärs eine Predigt, aber es ist ja eine Predigt, nie vorher und nie nachher war ich dem Tod so nahe, und das rechtfertigt diesen Ton. In der Werbebranche bin ich als ein Pfiffiger bekannt, dann laß mich am Abend im Café wenigstens echt katholisch beichten.

Mir geht es gut, schau nicht so, ich habe gerade meinen Engel besucht, meinen Schutzengel.

Also, hör zu, es ist schwer für einen wie mich mit so einer Fleisch- und Fettladung über dem Geschlecht, sich niederzubeugen zum Auspuff eines Skoda. Aber das tat ich, und ich habe den Schlauch in den Auspuff gesteckt und mit Klebeband abgedichtet, und dann habe ich den Schlauch durch einen schmalen Spalt im Seitenfenster ins Autoinnere geführt und habe auch das Fenster abgedichtet. Und dann habe ich mich ins Auto gesetzt und den Motor eingeschaltet.

Ich riech es nicht gern, nein. Wer riecht das schon gern, das Abkratzen, ha? Und ich schaue aus dem Fenster meines Skoda und denke, ich hätte die Scheibe vorher waschen sollen, das hätte sich gehört, da sehe ich das Mädchen von der Brücke in den februarkalten Fluß springen, sehe sie aufplatschen, und dann sah ich sie nicht mehr, und dann wieder, dann nicht mehr, taucht und schwimmt in meine Richtung, immer auf und ab, nur der Kopf. Und da dehnt sich dann mein Lebensplan, ich bin ins Wasser gesprungen.

Danke, lieber Gott, für das viele Fett, das mich vor dem Erfrieren schützt, was für ein eleganter Seelöwe wäre ich doch geworden!

Glaubst du, ich weiß, wie ich das Fräulein aus dem Wasser gerettet habe? Ich weiß es nicht, aber ich habe, und augenblicklich war meine Seele gesund.

Schau mich nicht so blöd an, du, man muß über solche Sachen anders sprechen als über das Sortieren und Einheften von Kontoauszügen. Ich habe sie zu mir ins Auto gepackt und aus ihr herausgebrüllt, wo sie wohnt, und habe sie nach Hause gebracht. Und dann haben wir diskutiert.

Daß es himmelfix eine Arschlocherei ist, sich das Leben zu nehmen, sagte ich, und ob sie es noch einmal tun will.

Und sie sagt: Ja, sofort.

Und ich sage: So, du blöder Balg, dann bleib ich hier hocken und paß auf dich auf.

Und sie: Der Mensch muß schlafen, und wenn du schläfst, dann tu ich's.

Und ich: Warum denn? Warum?

Und sie – zu mir: Du hast doch keine Ahnung, dir geht es gut, das sieht man dir doch an, vollgefressen wie ein amerikanischer Paradekühlschrank, aber ich, ich habe ein Moped geklaut und habe eine Anzeige am Hals.

Meine Güte, sage ich, das ist doch das Paradies! Für jeden Fünferkilopack weniger stehle ich dir ein Moped und nehme dafür entsprechend viele Anzeigen entgegen. Du hast keine Ahnung, sage ich.

Und so schreien wir uns an, die ganze Nacht. Nein, die halbe Nacht nur. Denn so gegen drei Uhr ist sie dahintergekommen, was ich unter der Augartenbrücke machen wollte, und da hat sich dann die Sache umgedreht.

Sie sagte: Du bist doch ein Depp, wenn man zu dick ist, dann nützt nur eines, nämlich nicht mehr so viel fressen, umbringen nützt da einen Scheißdreck.

Und am Morgen sind wir hierher gegangen und haben gefrühstückt und haben gestunken, ich jedenfalls ...

Manchmal also besuche ich meinen Engel. Und weil er dort drüben wohnt, darum sitze ich hinterher eben manchmal hier. So ...«

Die entfernte Verwandte
des Terroristen

Um Caligula zu trösten, sagte Rita: »Gegen die Liebe kann man nichts machen.« Das war thematisch aus der Luft gegriffen, denn wir tranken kleine Braune, und das war alles.

Caligula und ich behielten die Jacken an, weil uns kalt war, und das mitten im Juli. Rita, die Muskelbepackte, zeigte, was sie an den nackten Oberarmen hatte.

»Wie meinst du das«, fragte Caligula.

»Daß die Liebe wie ein Implantat ist«, sagte Rita prompt, »von einem Geist eingesetzt und wieder herausgenommen, ganz wie der Geist es will.«

»Mein Gott«, seufzte Caligula und sein Sessel knarrte verzagt unter seinem Gewicht, »mein Gott, Rita, wenn es doch nur Geister gäbe!«

»Im übertragenen Sinn«, sagte Rita, »kein Mensch auf der Welt kann sich abgewöhnen, verliebt zu sein.«

»Will das denn einer?« fragte Caligula.

»Ich wollte es einmal«, sagte ich.

»Und?«

»Ich habe es hingekriegt.«

Und dann wollten sie wissen wie, und ich erzählte es ihnen.

»Sie hieß Cornelia Baader«, begann ich, »sie kam aus Karlsruhe und sah aus wie eine Mexikanerin, sie sah aufregend aus, ein bißchen dick, polierte Augen. Ich war dreiundzwanzig, sie auch, sie studierte Psychologie, ich Politikwissenschaft. Sie sagte, sie sei eine entfernte Verwandte von Andreas Baader, dem Terroristen, der zu dieser Zeit noch nicht gefaßt war. Ich habe es ihr nicht geglaubt, aber als wir dann zusammen waren, hat mir das eine kleine Berühmtheit eingebracht, die mir gutgetan hat.

In den ersten drei Tagen sind wir gar nicht aus dem Bett gekommen. Es war ein schmales Bett in ihrem schmalen Zimmer, immer war Haut an Haut. Wir haben die ganze Zeit nichts gegessen, nur einmal mitten in der Nacht, da war ihr eingefallen, daß sie auf dem Fensterbrett eine Schachtel Camembert deponiert hatte, die aßen wir in einem Satz auf.

Am dritten Tag bin ich morgens um sechs zum Bäcker gegangen, und ich konnte kaum gehen vor Erschöpfung, und meine Wangen waren eingefallen, das konnte ich im Schaufenster der Bäckerei sehen, und darauf war ich stolz. Wie ein vom Tod Gezeichneter betrat ich den Laden und kaufte zwei Naturjoghurt und einen halben Weggen Schwarzbrot.

Ich glaube, mir ist die Welt bis dahin noch nie so sinnvoll erschienen, so ausgeglichen, mit allem war ich einverstanden, und alles, was mich umgab, schien mir zuzunicken und schien seinerseits mit mir einverstanden zu sein.

Sommer war, und die Sonnenstrahlen fielen an die Hauswände, wie ich es noch nie in dieser Stadt gesehen hatte. Kein Wunder auch, ich war ja noch nie vorher so früh auf den Beinen gewesen.

Ich beobachtete einen grauscheckigen, schlanken, spitznasigen Hund, der auf seinem Hinterteil über den Asphalt rutschte, weil er wahrscheinlich Würmer hatte, die ihn juckten, und er sah unter schräg gestellten Brauen zu mir herüber, und mir war, als sähe ich einen Gedanken in seinen Augen, und dieser Gedanke hieß: Du, wundere dich nicht, ich wundere mich ja auch nicht, es ist völlig in Ordnung, die Würmer leben in meinen Gedärmen, und ich lebe in eurer Stadt, das ist alles völlig in Ordnung. Und ich schickte ihm einen Blick zu, der sollte sagen: Ja, es ist alles in Ordnung, ich sehe es genauso.

Wißt ihr, wenn ich es recht bedenke, war das der glücklichste Morgen, den ich je erlebt habe, weil mir der Tod so nahe war. Es gab keinen Anlaß, so etwas zu denken, aber ich spürte es: Der Tod kam und wollte mich anheuern. Und er hätte nicht allzu viel Überredungskunst benötigt. Ich war nämlich auch mit ihm einverstanden. Das hat Cornelia Baader gemacht, die entfernte Verwandte des Terroristen.

Dann waren wir noch drei Tage in mehr oder weniger normalem Zustand zusammen, und dann fuhren wir nach Amsterdam und haben dort zwei Dutzend Natojakken billig eingekauft, die wir in Deutschland ein wenig teurer weiterverkauften, und dann sagte sie zu mir wie aus den Wolken: Ich habe zur Zeit einen anderen, aber ich nehme an, es wird nicht länger als höchstens drei Wochen dauern.

Und ich begann zu leiden. Ich wohnte mit drei Freunden in einer Wohngemeinschaft, und die Freunde haben gewußt, daß sie mich in Ruhe lassen mußten.

In der ersten Woche habe ich mich weder gewaschen, noch rasiert, noch habe ich die Wäsche gewechselt. Ich bin den ganzen Tag in Unterhemd und Unterhose in der Wohnung herumgegeistert und habe die Hände gerungen, daß mir am Abend der ganze Oberkörper weh getan hat, und habe Kaugummi gekaut. Gegessen habe ich nur Joghurt und Schwarzbrot.

Dann in der zweiten Woche sagte ich mir, nein, so geht

das nicht. Und ich habe meine besten Sachen angezogen, das war ein schwarzer Samtanzug, der mir wie eine zweite Haut saß, und am Tag habe ich geschlafen, nachts aber bin ich in eine Bar gegangen, in die sich unter Garantie niemals ein Student verirrte. Ich habe satt Geld ausgegeben. Am Tag habe ich mich eingeladen, zu verschiedenen Dingen habe ich mich eingeladen, zu Büchern, die ich mir nicht leisten konnte, zu Schallplatten, die nicht unbedingt notwendig gewesen wären, zu Schnitzel mit Kartoffelsalat mitten am Dienstag, und dazu sagte ich meinen Spruch: Das ist für dich, mein Freund, mein bester, das brauchst du mit niemandem zu teilen, am allerwenigsten mit Cornelia Baader, die wahrscheinlich gar nicht eine entfernte Verwandte von Andres Baader ist.

Am Ende der zweiten Woche stand sie in unserer Küche.

Sie sagte: Es war ein Fehler von mir, ich will zu dir.

Und ich dachte: Himmel, es war ein Fehler, daß ich sie mir abgewöhnt habe, es wär gar nicht nötig gewesen, und ich sagte: Es geht nicht mehr, Cornelia.

Warum nicht, fragte sie.

Ich habe es mir abgewöhnt, sagte ich.

Was hast du dir abgewöhnt, fragte sie.

Dich, sagte ich.

Dann gewöhn mich dir halt wieder an, sagte sie.

Keine Chance. Leider ...«

Bevor Max kam, fragte mich Rita: »Wie geht es Wernhofer?«

»In spätestens drei Wochen kommt er aus der Anstalt«, sagte ich.

Arme Charlotte

Herr Pietzsch mit den bösen Augen – wir fürchteten ihn ein wenig –, mit dem würdigen Leid in seiner Vergangenheit – wir verehrten ihn ein wenig –, er winkte mich an seinen Tisch, der der kleinste im Kaffeehaus ist.

»Ich möchte Ihnen eine Geschichte erzählen«, sagte er.

»Wieder eine traurige?« fragte ich.

»Nein, eine komische Geschichte, deren tragischer Ausgang Sie nicht weiter zu beunruhigen braucht, zumal die Begebenheit gute hundertfünfzig Jahre her ist. Wer hat gesagt, Komik sei Tragödie plus Zeit? Wollen Sie meine Geschichte hören?«

»Gern«, sagte ich.

Herr Pietzsch öffnete die Kiefer bei geschlossenem Mund und zuckte mit den Lippen. In Komplizenschaft mit seinen Augen sah das aus, als hole er zu einer Bosheit mit Folgen aus.

»Man kennt ihn heute nicht mehr, den Dichter Heinrich Stieglitz. Oder kennen Sie ihn? Ich habe gestern nacht in einer alten Literaturgeschichte geblättert und seine Geschichte gelesen. Er war ein unbegabter Dichter, seine Gedichtbände hatten so unbeschreiblich blöde Titel wie *Lieder zum Besten der Griechen*. Erfolg hatte er keinen, nicht einmal Ansehen hatte er. Und über Gestaltungskraft verfügte er schon gar nicht. Wenn er sich an seinen Schreibtisch setzte, mußte er zuerst kotzen, und dann saß er fünf Stunden auf seinem zähen Hintern, und heraus kamen drei Zeilen, und die waren schlecht.

Dann traf er Charlotte Willhöft, die so viel intelligenter war als er und luftig wie ein freier Gedanke, eine Frau mit einem unbändigen Haarschopf. Mein Gott, muß diese Frau Haare gehabt haben! Da gab es so einen Dichterkreis – wie nannten sie sich? Leipziger Gruppe? –, jedenfalls die schönsten Gedichte, die geschrieben wurden, waren Lobpreisungen an Charlottes Haare.

Ich nehme an, die Dichter wollten alle die schöne Charlotte haben. Aber sie, sie wollte unbedingt den Heinrich Stieglitz haben, ihn und nur ihn, den unbegabtesten, aber ambitioniertesten von allen.

Und er nahm sie. Viel Stolz hat das nicht in sein Herz gepflanzt. Man müßte das meinen, aber es war nicht so.

Heinrich Stieglitz kannte nur einen Gedanken, den er mit einer gewissen Beharrlichkeit zu denken in der Lage war: Ich will ein großer Dichter werden. Gequält war er, gefoltert, der arme Trottel, von verzehrender Sehnsucht nach einer fortreißenden Leistung.

Da wurden ihm die Haare weiß, und er schmierte sich schwarze Salbe darauf. Er wollte modern sein, das Wort war gerade erst erfunden worden. Der Zeitgeist zucke, dröhne, wirble in ihm, und der Zeitgeist, behauptete er in seiner Trostlosigkeit, sei einer, der einem wirklichen Dichter befehle zu kotzen, wenn er sich an den Schreibtisch setze, der einem wirklichen Dichter nicht mehr gönne als drei Zeilen in fünf Stunden, und die seien meistens schlecht. – Das war eine seiner poetischen Theorien.

Eine andere war verhängnisvoller. Er sagte, ein wirklicher Dichter könne nur einer sein, der an einem großen Unglück zu tragen habe, denn ein Dichter müsse mit Feder und Papier Seelensteinbrucharbeit leisten. Und er, der zur Dicklichkeit und Bierseligkeit neigende Mann, er jammerte seiner schönen Frau vor, wie arm sein Leben sei, denn es beinhalte keine Tragödie.

Freilich durchschaute ihn Charlotte, und sie war verzweifelt, weil sie so wenig von ihrem Mann halten konnte und ihn doch eigentlich verachtete und ungeduldig wurde, wenn er zu erzählen begann, weil seine Geschichten so umständlich waren, und wenn er vor ihr seine Theorien ausbreitete, dann wäre sie am liebsten in die Luft gefahren, weil sie so geistlos und hohl und uninspiriert waren. Aber sie liebte ihn.

Ich bin nicht der Rechte, diese Seelenlage zu beurteilen. Ich kanns nicht verstehen, aber es war wohl so: Sie liebte diesen schwachen, weinerlichen, untalentierten Mann, und sie litt mit ihm an seinem Untalent.

Es gibt wenig Schlimmeres und zugleich auch wenig Lächerlicheres als höchste Ambition in einem kraftlosen Charakter.

Nun, Charlotte mit dem inspirierenden Haarbusch, sie wollte ihrem Mann eine Tragödie liefern, an der er seine Seelensteinbrucharbeit leisten könnte. Sie nahm sich das Leben. Sie erdolchte sich. Sie wollte sich zuerst mit Gift töten. Sie tat es dann aber mit dem Dolch, weil am Abend vor ihrem Selbstmord in dem Dichterkreis eine Diskussion über die Ästhetik des Selbstmordes stattfand und ihr Mann, der natürlich das dicke Wort führte, verkündete, er finde nichts langweiliger als Giftleichen, weil ihnen das undramatische Hinüberschlafen ins Gesicht geschrieben sei. Wenn er einen Selbstmord in einem Werk beschreiben würde, dann nur mit Dolch, mit orientalischem Dolch, mindestens eine Seite Beschreibung.

Also machte es Charlotte mit einem orientalischen Dolch.

Ich könnte mir ein Loch in den Bauch lachen. Es hat

nämlich einen Dreck genützt. Als sie tot war, die Schöne, da hat sie der Dichter zum ersten Mal richtig angesehen. Ein Gedicht hat er geschrieben an ihrem Sarg, ein Gedicht über ihre Haare, klar. Dann zog er nach Italien, dachte wohl, Tragödie plus Italien muß doch irgendwie fruchten.

Er schrieb nichts mehr, pflegte nur noch die Story vom Tod seiner Frau. Das Mädchen, mit dem er zusammenlebte, heiratete er nicht, weil er um sein Image fürchtete. Er war es bald zufrieden, in der literarischen Welt der Mann der Charlotte Stieglitz zu sein. Einen schöneren Ruf, das sah er ein, würden ihm seine poetischen Kreationen nicht einbringen. Bald gab es auch eine wirksamere Methode die Haare zu färben als schwarze Salbe, und das machte ihn dann doch noch glücklich, den Stieglitz. 1849 starb er in Venedig an der Cholera … Ist das nicht eine komische Geschichte?«

»Ist komisch«, sagte ich.

»Dann laden Sie mich auf einen Whisky ein«, sagte Herr Pietzsch, und ich tat es. Wir tranken, und dann ließ ich ihn allein.

Der Mai war mir gewogen

Bevor Max kam, gab es noch ein paar heilige Minuten, denn das Radio lief, was in meinem Kaffeehaus selten der Fall ist, und sie spielten *Gute Nacht* aus der *Winterreise* von Schubert, und Herr Alfred, wie er mir hinterher sagte, liebte Julius Patzak, der da sang, und deshalb drehte er den Apparat lauter als üblich. Ich liebte Julius Patzak auch.

Ich liebte eine Erinnerung, die er in seiner Stimme mitbrachte. Vor zwanzig Jahren habe ich nämlich seine Stimme mit Eigenem beladen, und daran dachte ich während der fünf Minuten und fünfzehn Sekunden, so lange dauert nämlich diese Aufnahme aus dem Jahr 1964.

Zehn Jahre später, 1974, studierte ich in Frankfurt, wohnte vorübergehend in einer Wohngemeinschaft mit drei Soziologiestudenten zusammen, die ich nur beim Namen kannte. Ich hatte einen von ihnen in der Mensa angesprochen, hatte ihn gefragt, ob ich ein paar Nächte bei ihnen bleiben könnte. Es wurden zwei Wochen daraus.

Den Tag über waren sie im Institut, ich hockte zu Hause herum und hörte ihre Schallplatten. Ich hörte Manitas de Plata, The Doors, Jimi Hendrix. Und eben die Winterreise von Schubert, gesungen von Julius Patzak, die fand ich bei einem der Studenten.

Der war mir der Sympathischste, weil er das gemütlichste Zimmer hatte. Es hingen nicht die üblichen Poster von Che Guevara und Frank Zappa an der Wand. Ich mochte die Musik nicht, aber sie paßte zu dem Zimmer, und das Zimmer mochte ich, und so gewöhnte ich mich an die Musik.

Es ist dies hier eine fremde Wohnung, sagte ich mir, da mußt du fremde Musik hören. Schubert war mir fremd, Patzak sowieso, und der sang, er sei fremd eingezogen und fremd ziehe er wieder aus.

Und dann hatte ich mich so sehr an die Musik gewöhnt, daß ich, als ich auszog, die Platte mitgehen ließ.

Der Streit mit meinem Vater war noch nicht beigelegt, ich hatte kein Geld und kein Zimmer. Ich saß in der Mensa herum. Da war eine komplizierte Pädagogikstudentin, die hieß Mechthild Hüntemann, die nahm mich mit. Sie hatte Haare wie eine Sonne, ein goldener Bogen von Schulter zu Schulter.

Ich wurde krank, eine schwere Grippe. Es war gerade an dem Tag, als sie meinte, wir hätten uns nun doch ein wenig ineinander verliebt und könnten schadlos miteinander schlafen. Mechthild wollte nämlich nur mit Männern schlafen, in die sie verliebt war.

Sie kam am Abend aus dem Institut und sagte: »Ich glaube, jetzt geht es.«

Da hatte ich bereits über neununddreißig Grad Fieber. Sie pflegte mich und tat, was ich mir wünschte. Ich wünschte kühle Tomaten zu essen und die *Winterreise* von Schubert zu hören, gesungen von Julius Patzak.

Zwei Wochen lag ich. Dann glaubten wir nicht mehr, daß wir ein wenig ineinander verliebt seien. Ich schenkte ihr die Schallplatte und zog aus.

Eine Woche später wußte ich, daß dies ein Fehler gewesen war. Ich lernte eine Medizinerin kennen, die hieß Inge Geyer, sie hatte einen zornigen Mund und Augen mit rasend schnellen Wimpern. Sie war Schweizerin, wir trafen uns im Vorraum der Ausländerbehörde. Wir wollten beide unsere Aufenthaltsgenehmigung verlängern. Am selben Tag noch sagte sie, sie sei mir emotional zugetan, und sie sagte es in einem Ton, der voll Vorwurf war.

Ich zog bei ihr ein. Bevor wir miteinander schliefen, legte sie eine Platte auf. Die Musik war mein Geschmack, aber ich wollte sie nicht hören. Ich war abgelenkt, und das machte mich fertig.

Ich sagte zu Inge: »Warte auf mich, denke dir nichts, ich gehe und komme in zwei Stunden wieder.«

Ich lief zu Mechthild Hüntemann, sie war nicht zu Hause, ich setzte mich auf die Treppe vor ihrer Tür. In der Nacht kam sie mit ihrem neuen Freund.

»Ich dachte, er ist nett«, sagte der. Er meinte, ich mache eine Szene.

»Ich möchte den Schubert wiederhaben«, sagte ich zu Mechthild.

Wir standen im Stiegenhaus eng beieinander.

»Gib ihm den Schubert«, sagte der Freund.

Aber Mechthild sagte: »Nein, das kann ich nicht, es waren zwei schöne Wochen, als du bei mir krank warst.«

»Ach«, sagte ich, »darf ich reinkommen, ein paar Minuten?«

»Wenn es sein muß«, sagte sie.

»Darf ich wenigstens ein Stück von der Platte hören?« fragte ich.

»Wenn es sein muß«, sagte sie.

Ich legte *Gute Nacht* auf.

Ihrem Freund ging die Musik arg auf die Nerven. »Wieso singt der so rohrartig«, sagte er, »hat er einen Stock im Hals?«

»Soll ich lieber Bob Dylan auflegen?« fragte ich.

»Bitte«, sagte er. »Bitte, bitte!«

Ich holte *Highway 61 Revisited* aus dem Regal und legte *Desolation Row* auf.

»Das ist wunderbar«, sagte ich zu Mechthild. »Viel besser als der rohrartige Schubert.«

»Gelt«, sagte ihr Freund.

»Die mußt du mir borgen«, sagte ich.

»Wenn es sein muß«, sagte sie.

Ich hatte mich natürlich verspätet, aber Inge Geyer machte mir keinen Vorwurf daraus, und bald sah ich ein, daß sie gar kein vorwurfsvoller Mensch war, auch kein zorniger Mensch, daß lediglich die Natur in einer ihrer unauslotbaren Launen ihren Mund zornig und ihre Stimme vorwurfsvoll gestaltet hatte. Wir hörten den ganzen Tag Schuberts *Winterreise*. Das war unsere Liebe.

Ein Jahr später traf ich Mechthild Hüntemann in der Mensa. »Servus«, sagte ich, »ich habe noch den Bob Dylan von dir.«

»Ah ja«, sagte sie, »bring ihn einfach irgendwann einmal vorbei.«

»Mach ich«, sagte ich.

Sie hatte gar nicht gemerkt, daß ich die Platten vertauscht hatte. So verliebt war sie in ihren neuen Freund gewesen. Und für Bob Dylan hat sie sich nie wirklich interessiert. Bis heute steht in meinem Plattenregal Schuberts *Winterreise*, gesungen von Julius Patzak, in der Hülle von Bob Dylans *Highway 61 Revisited*.

»Trägt der Patzak nicht eine ganze Welt auf seiner Stimme?« sagte Herr Alfred zu mir.

»Was für eine Welt denn?« fragte ich ihn.

»Wissen Sie«, sagte er, »ich habe so meine Erinnerungen, wenn ich ihn singen höre. Darf ich Sie zu irgend etwas einladen?«

»Wenn es sein muß«, sagte ich.

Wernhofers Traum

Ich war später dran als sonst, der Himmel war dunkel verhangen, und im Kaffeehaus brannten schon die Lichter. Ich sah von außen durch die Fenster in den Billardsaal, und wie freute ich mich, als ich Wernhofer erkannte, der sich gerade zu einem Stoß niederbeugte, den Queue dicht an seiner Flanke. Ich sah seinen langen, mageren Rücken, der an allem so schwer trug, sah, wie ihm die wenigen, fadig langen Haare über die Augen fielen, und ich sah, wie er innehielt, die Haare hinter die Ohren klemmte und dann noch einmal ansetzte.

Wernhofer – wir haben uns alle große Sorgen um ihn gemacht, um diesen großen Mann. Er hatte sich eines Abends freiwillig und zu Fuß in die Nervenklinik begeben. Erst hatte es geheißen, er werde nach drei Wochen bereits seinen Frieden gefunden haben mit Gott und der Welt. Dann hatte es doch fast doppelt so lange gedauert.

Ich freute mich auf Wernhofer.

»O nein«, sagte er, als wir dann an einem der winzigen Tischchen im Billardsaal saßen, »bitte nein, lade mich zu nichts ein! Ich war schon fünfmal auf dem Klo, zu so viel Flüssigkeit bin ich in der letzten Stunde hier eingeladen worden. Laß uns einfach dasitzen und reden. Man müßte öfter ins Irrenhaus gehen, dann wären alle freundlich zu einem.«

»Sag nicht Irrenhaus«, wollte ich beschwichtigen, aber es war nicht nötig.

»Warum«, sagte er, »es ist ein Irrenhaus. Und ich bin

ein Irrer. Jetzt weiß ich es. Endlich weiß ich es. Und seit ich es weiß, ist alles gut. Ich wußte es schon vor drei Wochen, und sie hätten mich vor drei Wochen schon herausgelassen. Wenn man es weiß, kann man gehen. Aber dann hatte ich diesen Traum, und da dachte ich, es ist besser, wenn ich noch ein wenig bleibe. Denn der Arzt sagte, es kann bei solche Träumen vorkommen, daß man sie ein zweites Mal oder sogar ein drittes Mal träumt. Und dafür wollte ich gerüstet sein, verstehst du. Soll ich dir meinen Traum erzählen?«

»Gern«, sagte ich, »wenn du mich für würdig hältst.«

Er blickte mich an, ein wenig überrascht, als wäre ihm im Augenblick ein Gedanke gekommen, eigentlich als sähe er mich zum ersten Mal.

»Weißt du«, sagte er, »ich bin hier, weil ich mich mit Caligula verabredet habe. Ihm muß ich den Traum unbedingt erzählen. Es war nicht leicht für mich, seine Telephonnummer herauszukriegen. Ich habe ihn in seinem Atelier erreicht. Er arbeitet gerade an einer Werbelinie für Butter. Wußtest du, daß er in Wirklichkeit Richard Korn heißt? In meinem Traum habe ich ihn ermordet. Seine Ermordung ist der Inhalt meines Traums.

Ich habe es nicht allein getan, aber ich habe es getan. Ich kann inzwischen sehr genau unterscheiden zwischen verrückt und nicht verrückt, und ich weiß, es ist verrückt, wenn ich sage, ich muß mit Caligula sprechen, weil ich mich bei ihm für meinen Traum entschuldigen möchte.

Es war ein schrecklicher Traum. Da war ein zweiter Mann, den sah ich nur von hinten. Der hatte ein Messer bei sich, ein sehr scharfes Messer mit einer breiten, abgerundeten Klinge, wie ein Tafelmesser sah es aus. Er schärfte es an einem Schleifstein, während wir auf Caligula warteten. Meine Aufgabe war es, Caligula festzuhalten. Du kannst dir vorstellen, daß das keine leichte Sache ist. Halte einen Berg fest.

Er wuchs aus dem Boden, auf einmal stand Caligula vor uns. Er trug eine alte Arbeiterhose, die an Hosenträgern hing, und er weinte, denn er wußte, er würde gleich sterben, und er wollte nicht sterben. Sein Oberkörper war nackt. Er war noch dicker als in Wirklichkeit, noch viel dicker. Und er wuchs von Sekunde zu Sekunde. Und glitschig war er.

Wie soll ich dieses Monstrum festhalten, rief ich meinem Mordkollegen zu.

Ich mußte rufen, denn Caligulas Körper war inzwischen schon so breit, daß man von der rechten zur linken Seite rufen mußte, wenn man sich mitteilen wollte.

Noch immer konnte ich das Gesicht des anderen nicht sehen. Aber es scheint, als hätte ich ihn im Traum gekannt. Nur jetzt im wachen Zustand weiß ich nicht, wer er war.

Er nahm auf einmal einen mächtigen Anlauf und sprang an dem fetten Caligula hinauf und rammte ihm das Messer in den Hals, und Caligula schrie.

Warum, schrie er, warum tut ihr das, habe ich denn nicht schon ein Leben wie die erbärmlichste Kreatur, muß ich denn nun so sterben!

Und da hat er mir leid getan, entsetzlich leid hat er mir getan. Ich wachte auf, weinte und betete und wußte doch, daß ich nur geträumt hatte. Aber ich fühlte mich elend den ganzen folgenden Tag.«

»Und dieser andere Mann im Traum?« fragte ich, und mir war plötzlich unbehaglich zumute.

»Ja, der«, sagte Wernhofer.

»Kennst du ihn? Sag!«

»Nein, nein«, sagte er.

Da hellte sich sein Gesicht auf. Er winkte zur Tür hin. Caligula war soeben gekommen, wuchtig, lebendig, groß.

»Entschuldige«, sagte Wernhofer und setzte sich mit Caligula in eine der Nischen in der Nähe des Klaviers.

Ich sah, wie er auf ihn einredete, und ich erriet an seinen Gesten, was er sagte. Es waren die gleichen Gesten, mit deren Unterstützung er mir seinen Traum erzählt hatte.

Und dann sah ich die beiden still dasitzen und vor sich auf die Tischplatte niederblicken. Und dann sah ich, wie Caligula seine gewaltigen Arme nach Wernhofer ausstreckte und ihn umarmte. Ich sah Wernhofer ganz in der Umarmung des dicksten Menschen, den ich kenne, verschwinden. Und Caligulas Augen wuchsen zu meerüberschwemmten Sternen auf.

Wer war dieser andere, der eigentliche Mörder? Ich habe Wernhofer angesehen, daß er es wußte. Er hat mich angelogen.

Bevor Max kam, rief ich zu Hause an und erzählte meiner Frau die ganze Geschichte.

»Wie heißt Wernhofer eigentlich mit Vornamen?« fragte sie.

»Keine Ahnung«, sagte ich.

»Und was ist er von Beruf?«

»Weiß ich nicht.«

»Siehst du«, sagte sie, ihre Stimme klang sehr wütend. »Siehst du!«

Und sie legte auf.

Ostern '63

Rita, die mir immer noch die Geschichte schuldete, wie es ihr vor fünfzehn Jahren gelungen war, in London ohne Paß, Geld und Englischkenntnisse in einem neuen Leben mit neuem Paß und neuer Ehe und neuer Tochter und mehreren Millionen zu landen und wie sie auch das alles wieder verloren hatte – Rita nahm meine Hand zwischen ihre langen, metallisch kühlen Finger und sagte:

»Jetzt sehe ich das erste Mal, daß dir ein Stück Finger fehlt.«

Und Herr Alfred, ein wenig ungesund an der Oberlippe schwitzend, kam mit Zeigefingerhand zu unserem Tisch scharwenzelt und sagte: »Gut, Rita, ich wollte auch schon immer wissen, wie das passiert ist.« Und setzte sich auf ein Viertel Sessel.

»Also«, sagte ich, »der Mittelfinger der linken Hand, da fehlt ein Glied, das ist die Griffhand des Gitarristen. Ich habe damals gerade angefangen, Gitarre zu spielen, ich war vierzehn, und es wäre an und für sich eine Katastrophe gewesen.

Hört zu«, sagte ich, »es ist eine romantische Geschichte, ich bitte euch, erzählt sie ja nicht dem Herrn Pietzsch, er wird sich lustig machen über mich.

Es war am Ostersonntag des Jahres 1963, John F. Kennedy hatte noch ein gutes halbes Jahr zu leben. Meine Familie verbrachte die Osterwoche in Deutschland bei meiner Tante, der Schwester meiner Mutter, in Coburg nämlich. Das waren arme Leute in einer winzigen, hochpolierten Wohnung. Über Ostern waren das Wohnzimmer, sogar der Flur, sogar die Küche mit notdürftigen Pritschen für die Verwandtschaft belegt.

Ich, der Liebling, schlief unter dem Dach in einem schrankgroßen Zimmerchen, ich war dort allein für mich, und ich mußte nicht durch die Wohnung, um unters Dach zu kommen.

Das Nachbarhaus, dort spielt die Geschichte, war eine moderne Villa, die Wände aus südlichem Marmor, umgrünt von importierten Gewächsen. Dort wohnten ein Notar und eine Ärztin. Die hatten vier Kinder, die älteste Tochter hieß Ulla und war wie ich vierzehn Jahre alt. In sie war ich verliebt. Sie war blond, klein war sie und hatte ein vornehmes Profil.

Ich habe vor ihr keiner anderen einen Zungenkuß gegeben. Sie hat es mir gezeigt. Erst dachte ich, sie schiebt mir eine Süßigkeit herüber. Meine Mutter hat das manchmal gemacht, daß sie ein Bonbon geschleckt hat und es dann nicht mehr wollte und mir von Mund zu Mund herübergegeben hat.

In der Nacht stieg ich über den Zaun und schlich mich zur Kellertür des Nachbarhauses. Dort wartete Ulla auf mich.

Da war ein weiter Kellerraum, in dem ein Tischtennistisch stand. Auf den Tisch setzten wir uns, ließen die Beine baumeln und küßten uns. Dann flüsterten wir ein wenig, dann küßten wir uns wieder. Dann sagten wir lange nichts und dachten nur.

Was sie dachte, wußte ich nicht. Ich dachte: Wie kann ich es anstellen, meine Hand in ihren Ausschnitt zu legen, so daß ich, angenommen, sie will das nicht, das Ganze so hindrehen kann, als sei es unabsichtlich und ein Zufall gewesen?

Die Antwort war: So etwas kann man nicht anstellen.

Dann küßten wir uns wieder und flüsterten und schwiegen.

So ging es die ganze Karwoche. Ich war unausgeschlafen, Ulla war unausgeschlafen. Am Tag spielten wir mit ihren Geschwistern und anderen Kindern aus der Straße, wir spielten, was man eben so spielt, im Garten und so.

Jedenfalls in der Nacht von Ostersamstag auf Ostersonntag, Jesus hatte das Grab verlassen und war den Jüngern von Emmaus erschienen, da traute ich mich. Es war ganz leicht. Ulla wollte es. Es war nur eine Handbewegung. Was hatte ich denn anderes erwartet? Ich legte meine Hand auf ihre Brust.

Am nächsten Tag regnete es. Man konnte nicht im Garten spielen und auch nicht auf der Straße. Da hatte Ullas Bruder die Idee, im Keller ein Tischtennisturnier zu veranstalten.

Nun muß ich sagen, daß ich, der arme Hund aus Österreich, den Notar-Arzt-Kindern auf allen Gebieten unterlegen war, schulisch sowieso, in Weltgewandtheit und wie, sogar im alpinen Skisport, wie ich aus ihren Erzählungen schloß, auch im Schwimmen, wie im Coburger Hallenbad bewiesen – aber im Tischtennis war ich ihnen überlegen. Das Turnier wurde zu meinem Triumph. Daß mein Sieg ausgerechnet auf diesem Tischtennistisch ausgezählt wurde, machte viel an ländlichem Minderwertigkeitsgefühl gegen diese vier Städter wieder gut.

Mein letzter Schmetterball, unhaltbar für Ullas Bruder, landete unter einem ausgedienten, gußeisernen Ofen, der in der Ecke des Kellers stand. Über der Ofenplatte lag ein Eisendeckel, der hinten an zwei Scharnieren befestigt war. Dort faßte ich das Ding und kippte es, damit Ulla den Ball darunter hervorholen konnte. Da neigte sich der Ofen ins

Übergewicht, ich konnte ihn nicht mehr halten, hatte seine Masse unterschätzt, griff mit der Rechten nach dem Eisendeckel, der Ofen fiel, der Eisendeckel schlug zurück, und im Scharnier zwickte ich meinen Finger ab.

Es hat nicht weh getan. Es hat auch kaum geblutet. Ich sah, daß Zeige-, Mittel- und Ringfinger beinahe gleich groß waren, und wo beim Mittelfinger der Nagel war, stand ein zugekrampftes, blaßrotes Aderröhrchen empor.

Als ich am Nachmittag aus dem Krankenhaus kam, brachten mir Ullas Geschwister den Rest meines Fingers. Sie waren in meine Dachkammer hinaufgestiegen, unterwürfig waren sie. Und wißt ihr was – ich habe das Stück, an dem unverletzt der Fingernagel war, genommen, habe es grinsend betrachtet und dann in die Dachrinne geworfen.

Für die Vögel, sagte ich.

In der Nacht hat die Wunde wehgetan, da ließ die Betäubung nach. Ich bin trotzdem nach unten geschlichen, über den Zaun geklettert und in den Keller zu Ulla gegangen. Es wäre vielleicht besser ohne die Schmerzen gewesen, aber es war auch so gut.«

»Ist die Geschichte wahr?« fragte Rita.

»Nein«, sagte ich. »In Wirklichkeit habe ich mir den Finger abgebissen, als mich Ulla später verlassen hat.«

Jacobs letztes Wort

»Ich bin Chemiker geworden, da interessierte ich mich für Chemie, und dann«, sagte Herr Pietzsch, »war ich Chemiker ein Berufsleben lang, und nie mehr wieder haben mich Erkenntnisse oder Entdeckungen oder auch nur ein schmales Gelingen auf diesem Gebiet in Aufregung versetzt. Mit trockenen Händen und weißem Gesicht und langweiligstem Herzschlag habe ich meine Arbeit getan. Ich bin ein Mensch, der nur ein ganz klein wenig Talent hat, aber nicht den geringsten Erfolg. Also konnte ich mich auch an dem wenigen Talent nicht halten.«

Inzwischen kannte ich ihn ja, den Herrn Pietzsch mit den Marmoraugen, gesprenkelt und kalt. Wenn er in diesem Ton des Lebensabschieds sprach, dann folgte eine Geschichte, die eine gleichnishafte Bebilderung einer Lebensweisheit sein sollte, einer Weisheit allerdings, die sich außerhalb des Gleichnisses sofort verflüchtigte.

»Der Märchenerzähler«, sagte Herr Pietzsch, schnalzte Herrn Alfred zu, hob zwei Finger, was zwei Whisky heißen sollte, »der Märchenerzähler und die Fruchtfliege – was hat der eine mit der anderen zu tun? Ich werde es Ihnen sagen:

Der Wilhelm hatte wenig Talent, aber einen großen, einen gigantischen Erfolg. Sein Bruder Jacob hatte viele Talente, von allen einen großen Haufen, aber wenig Erfolg. Wenn man heute von den Brüdern Grimm spricht, dann meint jeder die Märchen. Die Märchen aber – das war der Wilhelm. Man meint nicht das *Deutsche Wörter-*

buch oder die *Deutsche Grammatik* oder die *Deutsche Mythologie* oder die *Deutschen Rechtsaltertümer* – das wäre der Jacob gewesen.

Der große Jacob – ledig, einsam, fleißig, genial. Wilhelm dagegen – verbummelt, kränklich, verliebt, familienvernarrt. Ein Familienmensch aus Hessen, dieser Wilhelm.

In ihrer Jugend waren die Brüder täglich zusammengewesen, von morgens bis abends, hatten sich als Studenten ein Zimmer geteilt, und auch in der ersten Zeit, als Wilhelm verheiratet war, wohnte Jacob bei ihm. Dann kamen Kinder, eins, zwei, drei, viele. Jacob zog aus, reiste – Paris, Spanien, in den Osten. Und arbeitete. Ein gewaltiges Werk entstand. Aber nur ihr gemeinsames Jugendwerk, die Märchensammlung, war über einen universitären Rahmen hinaus bekannt. Aber dafür interessierte sich Jacob nicht mehr.

Wilhelm erweiterte die Sammlung, korrigierte sie, formte sie um, gab sie in immer neuen Auflagen heraus. Ein riesiger, ein gigantischer Erfolg.

War Jacob neidisch? Und Wilhelm: Neidete er seinem Bruder die schöpferische Kraft? Der Erfolg vermag eine Zeitlang über den Mangel an Kreativität hinwegzutäuschen. Aber wie lange? Nein, es gibt keinen Hinweis, daß die gegenseitige Liebe der Brüder durch irgend etwas getrübt worden wäre. Jacob studierte und schrieb, Wilhelm besorgte Hausarbeit. Ein glücklicher Hausmann war dieser Wilhelm.

Eine Begegnung der Brüder, bei der es fast zu einem Streit gekommen wäre, ist überliefert. Jacob besuchte Wilhelm zusammen mit seinem Assistenten, Otto Preuß. Jacob wollte den jüngeren dazu überreden, ihm bei der Arbeit am *Deutschen Wörterbuch* zu helfen.

Wilhelm, er trug bei dieser Begegnung eine Schürze, war gerade dabei, Weichseln einzukochen. Er zeigte wenig Interesse.

Kompott, sagte er, ist etwas Wirkliches, Wörter sind wie Träume.

Träume doch wieder, habe Jacob gerufen, so berichtet Otto Preuß. Der ganze Wortschatz unserer geliebten Sprache in einem Buch, Wilhelm! Wenn der Gedanke einmal geboren ist, läßt er sich nicht wieder vertreiben!

Wie die Fruchtfliege, habe Wilhelm lachend darauf geantwortet.

Da sei Jacob außer sich geraten. Willst du, habe er mit seiner weichen, zierlichen Stimme gerufen, willst du, Wilhelm, deine Obstbrüherei hier mit meiner Arbeit vergleichen?

Ja, warum denn nicht, habe Wilhelm gesagt, immer noch lachend.

Dann ist mein Leben umsonst gewesen, sagte Jacob und wollte auf dem Absatz kehrt machen und gehen.

Da erst begriff Wilhelm, wie ernst es dem älteren Bruder war.

Ach was, sagte er, nicht du, Jacob, ich, ich habe ein unnützes Leben geführt, habe immer die gleichen Geschichten durcheinandergeschüttelt, einmal dort etwas weggelassen und dort etwas hinzugefügt. Die Kinder, weißt du, Jacob, sie wachsen aus den Märchen heraus, aber Weichselkompott, das liebt der Mensch sein Leben lang.

Da sei, schreibt Preuß in seinem Bericht, Jacob bleich geworden. Um Gottes willen, Wilhelm, habe er gesagt, mehr gehaucht als gesagt, um Gottes willen, auf wie viele Genüsse habe ich verzichtet, um mir Bücher kaufen zu können.

Probier mein Kompott, sagte Wilhelm und gab seinem Bruder einen Löffel.

Und Jacob aß, aß zwei, drei, viele Teller von dem guten Weichselmus, das sein Bruder bereitet hatte.

Iß ruhig, sagte Wilhelm, was du übrigläßt, holen sich die Fruchtfliegen.

Jacob überlebte seinen Bruder um vier Jahre. Sein letztes großes Werk, das *Deutsche Wörterbuch*, wurde erst mehr als hundert Jahre nach seinem Tod fertiggestellt, es umfaßt dreiunddreißig schwere Bände.

Als Jacob starb, war gerade der vierte Band zur Hälfte ediert. Noch heute kann man, wenn man das Wort Fruchtfliege – ausgerechnet Fruchtfliege – sucht, in einer Fußnote lesen: Mit diesem worte sollte jacob grimm seine feder von dem werke leider für immer niederlegen ...«

Herr Pietzsch sah mich an, seine Lippen zuckten ein wenig, als warte er auf eine Antwort von mir, die er schon im voraus mit abschätziger Ironie bedacht haben wollte.

»Was halten Sie von der Geschichte?« fragte er.

»Sie lehrt uns vielleicht, daß es nicht nur auf Fleiß und Redlichkeit ankommt«, sagte ich.

»Sie lehrt uns gar nichts«, sagte Herr Pietzsch.

»Das habe ich mir eigentlich eh gedacht«, sagte ich.

Muchti und die Geister

»Ich weiß, was du willst«, sagte ich zu Rita. »Du willst, daß ich eine Geschichte von Muchti erzähle, stimmts?«

»Ja, das will ich«, sagte sie. »Ich brauche dringend etwas, was mich aufbaut.«

In sich zusammengesunken, die Schultern nach vorne gedreht, saß sie auf der Polsterbank, die zu niedrig für sie war, ihre schmalen, stretchbehosten Oberschenkel ragten fast bis an die Kante des Marmortischchens empor.

»Was ist denn?« fragte ich.

»Ich habe mich heute morgen auf etwas gefreut«, sagte sie, »und dann habe ich vergessen, was es war, und seither denke ich darüber nach. Vielleicht ist es gut, daß es mir nicht mehr einfällt. Hat schon ähnliche Freuden gegeben, die sich als pures Nichts herausstellten.«

Also erzählte ich Rita, bevor Max kam, die Geschichte, als Muchti noch das F sagen konnte und dann nicht mehr.

Damals war er zehn Jahre alt. Noch war nichts an ihm, was seine spätere Großartigkeit erahnen ließ. Er hatte die bereitwilligsten Augen der Welt, die sagten jedem, bitte, verflixtnocheinmal, hoffentlich kriege ich rechtzeitig heraus, was ich für dich tun kann.

Muchti selbst sagt über sich: Ich war nicht unterwürfig, nein, ich war gar nicht. Es kann ja nur einer unterwürfig sein, der ist. Ich war nicht.

Aber das F konnte er damals noch sagen.

Sein Vater war als Vertreter für eine Versicherung tätig, sein Kapital war seine Überredungskunst. Zu Hause sei er in Unterhemd und Unterhose herumgegangen, die Wohnung sei immer überheizt gewesen. Auch im Sommer, wenn es nur ein wenig kühl wurde, gab er unverzüglich Auftrag, die Heizung einzuschalten. Außerhalb des Hauses allerdings sah man ihn nie ohne Krawatte, roch man immer und überall und noch lange, wenn er vorübergegangen war, sein Rasierwasser Marke Pitralon.

Diesem Vater war Muchti verfallen. Nicht daß er ihn fürchtete.

Muchti sagt: Wie sollte ich ihn denn auch fürchten? Ich – es gab kein Ich.

Wenn ihn sein Vater fragte, was eins und eins sei, dann wußte Muchti keine Antwort. Dann scharrte er mit dem rechten Fuß, als ob das Ergebnis auf diese Weise aus dem Boden zu gewinnen wäre.

Ich dachte, erzählt Muchti, ich dachte, eins und eins ist zwei. Aber ich dachte auch, mein Vater würde mich nie etwas fragen, was ich beantworten kann. Also ist etwas Neues entdeckt worden, so daß eins und eins nicht mehr zwei ist.

Sein Vater hieß Fritz. Bis Muchti zehn war, hatte er das nicht gewußt.

Eines Abends war eine Nachbarin zu Besuch, Muchtis Mutter versteckte sich in der Küche, sie hatte in Anwesenheit von Fremden Angst, ihren Mann zu blamieren. Muchti hatte es nicht mehr geschafft, das Wohnzimmer zu verlassen. So saß er im Eck des Sofas, still, aufrecht, in jeder Beziehung tadellos.

Die Nachbarsfrau hatte Sorgen. Sie lebte allein mit ihrem Sohn, der etwa in Muchtis Alter war und ihm bisher durch nichts anders als Unauffälligkeit aufgefallen war.

Die Frau sagte zu Muchtis Vater: Fritz, ich komme mit der Bestie nicht mehr zurecht.

Mit ihren Armen schaffte sie Freiraum um sich, vertrieb die Dämonen, ruderte weit aus, als wolle sie Seile nach ihnen auswerfen.

Fritz, was soll ich nur tun?

Mit Neugierde und Staunen habe Muchti zum ersten Mal den Vornamen seines Vaters gehört. Gerührt habe er sich nicht. Zugehört habe er.

Als hörte ich meiner Anklageschrift beim Jüngsten Gericht zu, sagt Muchti.

Der Vater, dieser Fachmann in überhaupt allem, vom Atomkern über Blitzschlagvorbeugung bis zu den fernsten Gestirnen, er ließ sich einige Beispiele der Bestienhaftigkeit des Nachbarsohnes schildern und sagte dann:

Du mußt ihn züchtigen.

Aber wie mache ich das? fragte die Frau.

Du mußt ein Signal setzen, sagte er, das er wenigstens einige Wochen lang im Gedächtnis behält.

Was heißt das, fragte die Frau, und warum soll so ein Signal nur einige Wochen lang in seinem Gedächtnis bleiben? Ich will doch, daß er es sich sein Leben lang merkt.

Oh, sagte Muchtis Vater, das könnte aber schwere Folgen haben.

Was heißt das, rief sie und raffte mit den Armen ins Unerklärliche hinein, heißt das, ich soll ihn schlagen?

Ja, natürlich, sagte Muchtis Vater.

Aber wie soll ich ihn schlagen?

Einfach zuhauen, sagte er.

Das sagst du so einfach, Fritz. Das mußt du mir erklären. Damit ich nichts falsch mache.

Was kann man denn da falsch machen, schnaubte er, und da trafen sich die Blicke des Sohnes und des Vaters, und der Vater rollte die Augen in kumpelhaftem Einverständnis mit dem Filius, und das sollte heißen: So eine dumme Person, weiß nicht einmal, wie man den eigenen Sohn verprügelt.

Und Muchti? Er sei glücklich gewesen. Was für ein reicher Tag! Erstens habe er erfahren, wie sein Vater heiße, zweitens habe er endlich, endlich eine Möglichkeit gefunden, ihm seine bedingungslose Loyalität zu beweisen.

Muchti sei aus seinem Eck im Sofa gekrochen und habe gesagt, habe mit fachmännisch gelassener Stimme gesagt: Zeigs ihr, Papa.

Was soll ich ihr zeigen? habe sein Vater gefragt.

Wie man seinen Sohn züchtigt, Papa.

Er habe sich brav vor den Vater hingestellt, habe die Augen geschlossen, das Gesicht vorgereckt und ein wenig schief gehalten, damit es für den Vater bequem sei, ihm eine runterzuhauen.

Und der Vater, der Fritz, habe es getan. Erst eine Watsche. Habe es auch nicht versäumt zu kategorisieren.

Diese Züchtigung, sagte er, hält höchstens ein paar Tage.

Eine zweite Watsche sei bereits so stark gewesen, daß Muchti mit dem Bein ausscheren mußte, um nicht zu wanken.

Die hält an die sechs Wochen.

Dann Fäuste auf Rücken, Kopf und Schultern. Muchti ging in die Knie.

Das hält dann so an die fünf Monate. Bei allem Weiteren müßte ich mir deinen Buben erst anschauen, sagte der Fritz, und das klang wie: Alles Weitere nur unter ärztlicher Aufsicht.

Von diesem Tag an – so behauptet jedenfalls Muchti – habe er das F nicht mehr sagen können.

Mein Chater heißt Chritz.

Drehbuch vom ewigen Leben

Daß Jetti Lenobel und Medi Winter so ein Glück hatten, das erzählte mir Herr Alfred.

»Kaum daß ich wußte, daß sich die beiden überhaupt kennen«, begeisterte er sich, »aber daß sie sich so gut kennen, daß sie sogar eine Arbeit zusammen machen, nie hätte ich das geahnt!«

Jetti Lenobel und Medi Winter haben nämlich zusammen ein Drehbuch geschrieben, das heißt, ein Drehbuch sei es noch nicht, erst ein Treatment. Aber es habe sich bereits eine Filmfirma ernsthaft dafür interessiert.

»Haben Sie Interesse, den Inhalt ihres Films aus meinem Mund zu hören?« fragte mich Herr Alfred.

»Selbstverständlich«, sagte ich.

»Die Geschichte beginnt zur Zeit der Kreuzigung von Jesus Christus. Als der Herr sein Kreuz durch die Straßen von Jerusalem schleppte, da war ein heißer Tag, und er hatte Durst. Er kam am Haus des Herrn Bedeus vorbei, dort wurde ihm das Kreuz zu schwer, und er stürzte. Und wie seine Wangen das heiße Straßenpflaster berühren, da sieht er den Herrn Bedeus aus einem Krug trinken. Gib mir von deinem Wasser, sagt Jesus.

Aber der Herr Bedeus gibt ihm nicht.

Da flucht ihm Jesus das ewige Leben an.

Von einem Land zum anderen mußt du ziehen, sagt er, nirgendwo kannst du länger als dreißig Jahre bleiben, denn das würde auffallen.

Einige Stunden später: Jesus wird ans Kreuz genagelt.

Die Soldaten stellen fest, daß einer der Spezialnägel fehlt. Ein Landstreicher namens Kirr hat ihn mitgehen lassen, durchaus aus Barmherzigkeit. Er wollte, daß Jesus wenigstens eine Wunde erspart bliebe.

Zum Dank dafür, sagt Jesus, verspreche ich dir einen baldigen, schönen Tod.

Was! ruft da der Herr Kirr. Der Herr Bedeus hat dir das Wasser verweigert, und er bekommt dafür das ewige Leben? Ich will auch das ewige Leben!

Gut, sagt Jesus, wenn du willst. Aber merke: Du darfst nirgends länger als dreißig Jahre sein, denn sonst würde das auffallen.

Dann wird Jesus gekreuzigt und stirbt.

Gute tausendneunhundertfünfzig Jahre später: Die Herren Bedeus und Kirr waren jeder schon an die hundertmal verheiratet, beide haben sie an die dreihundert Kinder gehabt, die bis auf zwei, drei alle längst gestorben sind; kaum einen Beruf gibt es, den sie nicht schon ausgeübt haben, kaum eine Sprache gibt es, die sie nicht sprechen. Noch nie in all den Jahren sind sie allerdings einander begegnet. Der Zufall oder wer auch immer wollte es so. Und da, eines Tages, treffen sie aufeinander. Das heißt ein Dritter führt sie zusammen. Zuerst sieht das nach einem Zufall aus. In was für Berufen die beiden in der Jetztzeit tätig sind, das müssen Medi Winter und Jetti Lenobel noch entwickeln«, sagte Herr Alfred.

»Jedenfalls, dieser Dritte«, fuhr fort, »der sei ein Eigenartiger, der wolle ein Geschäft mit den beiden machen.

Ah ja,« sagte Herr Alfred, »das habe ich vergessen: Den beiden Herrn, dem Bedeus und dem Herrn Kirr, geht ihre Unsterblichkeit inzwischen arg auf die Nerven. Nichts anderes wünschen sie sich, als endlich sterben zu können. Und da kommt dieser merkwürdige Mann.

Also, wissen Sie was«, sagte Herr Alfred, »ich verrate es Ihnen: Es ist der Teufel. Der Dritte ist der Teufel.

Der Teufel sagt zu dem Herrn Bedeus und dem Herrn Kirr: He, ich weiß, wie ihr endlich sterben könnt.

Wie? fragen sie.

Indem ihr euch gegenseitig umbringt.

Wie soll denn das gehen? sagen sie.

Tja, sagt der Teufel, das müßt ihr eben irgendwie inszenieren.«

»Und weiter«, fragte ich Herrn Alfred. »Wie geht die Geschichte aus?«

»Keine Ahnung«, sagte er und verließ rasch meinen Tisch. Gäste in hellgelben Regenjacken waren gekommen.

Immer wieder versuchte ich, Herrn Alfred an meinen Tisch zu winken.

Und dann kam Medi Winter.

»Gott sei Dank, Medi«, sagte ich, »ich dachte schon, ich muß verhungern. Wie geht euer Film aus?«

Irgend jemand müßte Medi sagen, daß sie nicht immer so glitzernde Sachen anziehen soll, so helle, dachte ich. Hatte sie früher nicht meistens dunkle Sachen angehabt? Sie hatte ihr schönes graues Haar zu einer Struwwelpeterfrisur toupiert.

»Mein Film?« fragte sie. »Ich habe keinen Film.«

»Ich meine dein Drehbuch, Medi«, sagte ich.

»Was weißt du davon?«

»Alles, von der Kreuzigung Christi bis dorthin, wo Herr Bedeus und Herr Kirr vom Teufel erfahren, daß sie nur dann sterben, wenn sie sich gegenseitig umbringen.«

»Interessant.«

»Wie geht es weiter, Medi?«

»Der Teufel kommt gar nicht vor in der Geschichte«, sagte sie. Ich merkte, daß sie keine Lust hatte, mit mir zu reden. Sie winkte Herrn Alfred, der brachte ihr auf einem Tablett Kaffee und Wasser, und noch ehe ich ihn ansprechen konnte, war er schon wieder davon.

»Überhaupt«, sagte Medi, an ihrer Tasse war ein breiter, schwerroter Lippenstiftrand, »die ganze Geschichte beginnt gar nicht mit der Kreuzigung Christi. Jesus spielt überhaupt keine Rolle in der Geschichte.«

»Aber«, sagte ich, »aber wer macht dann, daß Bedeus und Kirr ewig leben?«

»Wer sagt denn, daß sie ewig leben?« tat Medi überrascht. »Sie heißen erstens nicht Bedeus und Kirr, das haben wir geändert, und zweitens ...«

Da kam Jetti Lenobel zur Tür hereingeschwirrt. Sie hatte wie immer ihre quadratische Riesenledertasche geschultert, sie warf uns einen Blick zu und setzte sich ohne Gruß an einen anderen Tisch. »Einen Augenblick«, sagte ich zu Medi.

»Tu nur, tu nur«, sagte sie.

Ich ging zu Jetti hinüber. »Jetti, ich muß es wissen.«

»Was denn?« sagte sie.

»Euer Drehbuch, wie geht es aus?« fragte ich.

»Was für ein Drehbuch«, lachte sie, und ihre Augen flatterten.

»Dieses Drehbuch vom ewigen Leben«, sagte ich.

»Sapperlott«, sagte sie und zog ein Buch aus ihrer Tasche, »das würde ich mir gern auch einmal reinziehen, dieses Drehbuch. Am ewigen Leben bin ich interessiert. Aber jetzt muß ich diesen Roman von einer Inderin lesen, ich muß nämlich bis morgen eine Buchbesprechung abliefern.«

Ich nahm den einsamen Tisch hinten am Fenster, den einsamsten. Bevor Max kam, versuchte ich immer wieder Herrn Alfred zu mir zu winken. Er kam nicht. Er ignorierte mich.

Birgittas Geburtstag

Als sie mir die Hand geben wollte, klappte ihre Mappe auf, und die Zeichnungen fielen zu Boden. »Ich habe heute Geburtstag«, sagte Birgitta, »entschuldige.«

Ins Café kam sie selten. Wir trafen uns manchmal in der Stadt, zufällig, dann ließen wir die Ampel zwei-, dreimal rot und grün werden.

Birgitta stammte aus Frankfurt, sie sprach das reinste Hochdeutsch, seit zehn Jahren lebte sie hier in unserer Stadt. Sie zeichnete, machte hauptsächlich Buchumschläge und war unglücklich, wenn ihre Auftraggeber etwas »Menschenloses« wünschten, »Landschaften, Kräne oder Blumen«, und geriet in Verzagtheit, wenn es gar etwas Abstraktes sein sollte.

»An Gesichtern kann ich mich nicht satt sehen«, hatte sie einmal gesagt.

Jedenfalls hätte sie es sagen können. Ihre Frauenköpfe sahen alle ihr ähnlich. Die Augen – schattig und voll Melancholie. Bei den Mündern improvisierte sie.

»Man muß nicht Mund und Augen bearbeiten, wenn man verschiedene Gesichtsausdrücke herstellen will«, sagte sie zu mir. »Du kannst verschiedene Münder zeichnen und ausschneiden und nach einander unter dieselben Augen legen. Da hast du ohne viel Aufwand verschiedene Launen in den Bildern.«

Ich denke mir, sie hat früher Hunderte verschiedener Augen gezeichnet oder gemalt, hat mit Ausdauer und Leidenschaft an diesen Augen gearbeitet und sich endlich zu einem einzigen Augenpaar durchgerungen, nämlich zu ihrem eigenen.

An ihrem Geburtstag also kam Birgitta wieder einmal ins Café. »Ich muß dir etwas erzählen«, sagte sie.

Auf gut Glück fragte ich: »Doch nicht etwa die Geschichte von Rita, die in London fast Millionärin geworden wäre? Kennst du diese Geschichte?«

»Ja, ja«, sagte sie, »die kenne ich.«

»Wirklich?« rief ich. »Bitte, Birgitta, erzähl sie mir!«

»Gleich«, sagte sie, »aber zuerst muß ich etwas anderes loswerden. Ich bin noch total durch den Wind ...«

»Hast du etwas Abstraktes für ein Buchcover malen müssen?« fragte ich.

»Nein«, sagte sie, »ich hatte eine Begegnung. Ich stand bei Billa in der Linken Wienzeile an der Kasse und war gut gelaunt und übermütig. Vor mir war eine Frau, die hatte Selleriestangen und langes Weißbrot gekauft und hatte unter dem Arm ein Buch klemmen, und dann sah ich, daß es eines der Bücher war, für die ich den Umschlag gezeichnet hatte. Ich habe das Buch nicht gelesen, das mache ich nie. Ich male einen Frauenkopf, so aufs Geratewohl, weil ich mir denke, irgendeine Frau kommt sicher in dem Buch vor, und wenn mir der Kopf gut gelingt, dann paßt er auch.

In meiner übermütigen Laune, zupfte ich die Frau am Ärmel und sagte: Ach, nett, Sie lesen das Buch, für das ich den Umschlag gemacht habe.

Da hält sie mich fest und läßt mich nicht mehr los, bis ich mein Shampoo bezahlt habe. Sie war sehr streng im Gesicht, die Frau, vielleicht fünfzig war sie, ernste Falten hatte sie über der Nase, ein teures Kostüm trug sie.

Woher kennen Sie mich? fragte sie, als wir auf der Straße waren.

Bitte, sagte ich, gehen wir ein Stück, stellen wir uns in den Schatten, ich kann Sie ja kaum sehen, so sehr blendet mich die Sonne.

Ich schlug vor, daß wir etwas trinken gehen, aber sie hielt mich fest, am Arm hielt sie mich fest.

Sehen Sie mich an, sagte sie mit ihrer Stimme, wie ein Mann eine Stimme. Woher kennen Sie mich?

Ich kenne Sie nicht, sagte ich.

Hier, sagte sie und hielt das Buch neben ihr Gesicht, Sie haben mich abgezeichnet für diesen Umschlag. Ich habe das Buch nicht gelesen, es interessiert mich nicht, ich habe es im Schaufenster einer Buchhandlung gesehen. Das bin ich.

Ja. Es war ihr Gesicht.

Ich sagte: Es sieht Ihnen ähnlich, das Bild, das gebe ich zu.

Es sieht mir nicht nur ähnlich, sagte sie, das bin ich.

Bitte, lassen Sie meinen Arm los, sagte ich, die Leute müssen denken, ich habe Ihnen etwas gestohlen.

Sie drückte noch einmal fest zu, dann ließ sie los, strich meinen Ärmel glatt und räusperte eine Entschuldigung.

Ich muß Ihnen erklären, wie ich arbeite, sagte ich. Wollen Sie das wissen?

Sie nickte schnell.

Ich setze die Gesichter, die ich zeichne, aus verschiedenen Mündern und Augen und Ohren und Stirnen und Kinnen zusammen, sagte ich. Das mache ich zur Zeit so, das ist eine künstlerische Phase, und dieses Bild auf diesem Buch habe ich genauso gemacht. Es ist ein Zufall, daß es Ihnen ähnlich sieht.

Ich mußte zugeben, das Bild war ein überaus genaues Porträt dieser Frau. Ich glaube sogar, wenn sie mir Modell gesessen hätte, ich hätte es so genau nicht hingekriegt.

Ich verstehe, sagte ich, Sie können mir nicht glauben.

Ich glaube Ihnen, sagte sie. Und das ist sehr bitter. Sehr.

Was ist bitter? fragte ich.

Daß mein Eigenes ganz aus zufällig Zusammengesetztem besteht.

Das hat nichts mit Ihnen zu tun, sagte ich. Die ganze Schöpfung besteht aus zufällig Zusammengesetztem ...

Ich wollte weitflächig theologisch argumentieren. Sie unterbrach mich: Reden Sie nicht von der Schöpfung hier auf der Straße im Schatten vor einem Billa-Laden, sagte sie. Ja, ich war mir sicher, daß Sie mich nicht abgezeichnet haben. Das kann nicht sein, sagte ich mir. Aber ich hoffte doch, daß es so sei.

Sie drückte mir das Buch an die Brust, ließ es los, es fiel zu Boden.

Nehmen Sie es zurück, sagte sie. Was haben Sie da nur angerichtet!

Dann drehte sie sich um und lief davon, die Arme angewinkelt ... Ich schäme mich so.«

In Birgittas Augen, den schattigen, melancholischen, waren Verzagtheit und Verzweiflung. Ihr Mund aber zuckte ironisch, spielte mit Kindlichkeit, mit Albernheit, verzog sich zu einem Zitat aus Verruchtheit.

»Was soll ich tun?« fragte sie.

»Ich verstehe nicht«, sagte ich.

»Früher hätte ich gern magische Kräfte besessen. Seit einer halben Stunde glaube ich, daß ich welche besitze. Bin ich ein eigenartiger Mensch?«

Ich dachte darüber nach.

Der letzte Tag im August

»Jetzt ist er vorbei, der Sommer«, sagte Herr Alfred, als er mir meine Frankfurter und den großen Schwarzen brachte. Er zog sich mit dem Fuß einen Stuhl vom Nebentisch heran. »Was war denn Ihr eindrücklichstes Erlebnis in diesem Sommer?« fragte er und stöhnte dabei wie ein Beichtvater, der eine Last auf sich zu nehmen bereit ist.

»Ich war zu Hause am Land«, sagte ich, »es war ein klarer Sonntag, ein Tag für die Berge, keine Wolke am Himmel. Weit in die Schweizer Berge hinein hat man an diesem Tag schauen können und weit ins Schwabenland hinaus. Ich wollte in die Berge gehen, aber dann zog sich der Morgenkaffee hin, und dann war Mittag, und ich hörte die Meldungen vom Tod der Prinzessin. Für eine Bergwanderung war es zu spät.

Ich fuhr mit dem Fahrrad zum Alten Rhein. Zum Schwimmen würde es zu kalt sein, dachte ich, aber zum Dasitzen und angenehm traurig sein war der Tag gut genug. Das Jauchzen soll heute ganz denen in den Bergen gehören. So dachte ich.

Ich saß auf dem Fahrrad und machte mich schwer, fuhr mit dem niedrigsten Gang, ließ alles bodenwärts ziehen, sogar den Mund ließ ich offen. So langsam fuhr ich, daß es wie Gehen war. Meine Gedanken tauchten ab, schwebten wenig unterhalb der Radachsen, grad daß ich sie über der Straße halten konnte.

Das war schön, aber noch lange nicht das Schönste an diesem Tag. Der Tag dehnte sich. Es war nichts zu erwarten. Darum geschah auch nichts. Es war ein Sonntag, habe ich das schon gesagt? Der letzte Tag im August. Bald dachte ich gar nichts mehr.

Ich kenne eine Stelle beim Alten Rhein, dorthin findet selten jemand. Wenn an heißen Sommertagen das Schwimmbad so voll ist, daß man nach halb zehn Uhr kein Handtuch mehr auf den Rasen legen kann, dann ist es schon vorgekommen, daß ich an meinem Platz den ganzen Tag allein war. Das Wasser sieht schmutzig aus. Blütenstaub schwimmt an der Oberfläche. Davor ekeln sich die Leute. Außerdem ist die Stelle rundherum sumpfig, nur an einem schmalen, hinter Gebüsch versteckten Kiesbruch kann man ins Wasser steigen.

Dorthin fuhr ich mit dem Fahrrad am letzten Tag im August.

Mitten durch den Alten Rhein ist ein Kiesdamm aufgeschüttet, der markiert die Staatsgrenze zwischen Österreich und der Schweiz. Ich rief mich zur äußersten Disziplin und stieg in das kalte Wasser und schwamm hinüber. Der Damm lag in der Sonne, und ich hatte eine schöne halbe Stunde dort. Aber auch das war noch nicht das Schönste an diesem Tag.

Ich war wohl eingeschlafen. Männerstimmen weckten mich. Ich lag auf dem Bauch, die runden Steine unter mir drückten angenehm gegen die Rippen. Ich sah zwei ältere Herren, die bis zu den Waden im Wasser standen. Sie flüsterten miteinander. Nur wenige Meter waren sie von mir entfernt. Hatten sie mich nicht gesehen? Einer hatte eine Glatze und einen grauen Haarkranz darunter, der hielt einen belaubten Ast in der Hand. Der andere, der mit den vollen weißen Haaren, dessen Gesicht ich von der Seite sah, er hatte einen weißen Schnauz, der beugte sich über das Wasser, breitete dabei die Arme aus.

Ich hörte Entenquaken. Dann sah ich einen kleinen, schwarzen Taucher, der mit den Flügeln schlug und in eigenartiger Schräglage durch das Wasser ruderte.

Der Mann mit dem Ast versuchte, den Vogel zu seinem Freund hin zu treiben. Der wollte nach ihm greifen, erwischte ihn aber nicht.

Ich räusperte mich und fragte, ob ich helfen könne. Die beiden warfen einen schnellen Blick nach mir und sagten, sie seien der Meinung, zwei seien schon zu viel, das arme Tier werde ja völlig konfus.

Was denn passiert sei, fragte ich.

Der mit dem Ast sagte, das Taucherle habe einen Fischerhaken verschluckt und würge daran und mit den Beinen habe es sich im Silch verheddert.

Der Taucher war ihnen entkommen, er schwamm in einer kurvigen Linie zum sumpfigen Ufer hinüber. Der Mann mit dem weißen Schnauz schwamm ihm langsam nach. Sein weißer Kopf lag ruhig auf dem Wasser. Ich konnte keine Schwimmbewegungen ausmachen. Es war, als würde sein Kopf von einer leichten Brise vorangetrieben.

Ich verlor den Taucher aus den Augen, das Schilf im Sumpfgebiet verbarg ihn. Auch den Weißhaarigen verlor ich bald aus den Augen.

Hast du ihn? rief der Mann mit dem Ast, der neben mir stand.

Er bekam keine Antwort.

Er traut sich nicht antworten, sagte ich, weil er den Vogel nicht erschrecken will.

Wir warteten. Es war still. Der Tag zog sich hin. An diesem Tag konnte ich die Zeit nicht schätzen. Nach einer Weile – waren es zwei Minuten oder war es eine Viertelstunde – rief der mit dem Ast wieder: Hast du ihn?

Wir bekamen wieder keine Antwort.

Soll ich hinüberschwimmen? fragte ich.

Er gibt keine Antwort, weil er den Vogel nicht erschrecken will, sagte der Mann.

Wir warteten. Wir setzten uns nebeneinander und warteten. Kein Tag in diesem Sommer war so klar und so still gewesen. Die Füße des Mannes neben mir waren weiß wie die runden Kieselsteine. Man hätte seine Zehen für Kieselsteine halten können.

Dann hörten wir aus dem Schilf: Ich habe ihn!

Der Mann neben mir warf seinen Ast von sich und sprang in das kalte Wasser und schwamm prustend mit schweren Armschlägen hinüber zu seinem Freund.

Ich weiß nicht, wie es ihnen gelungen war. Aber es war ihnen gelungen. Sie hatten den Taucher vom Haken und vom Silch befreit. Ich sah sie lachend im Sumpf stehen, das Wasser reichte ihnen bis unter die Achseln. Sie winkten zu mir herüber und zeigten auf den Taucher, der nun ruhig aufs offene Wasser hinausschwamm.

Am Abend bin ich nach Hause gefahren. Die Sonne warf harte, ins Violette spielende Schatten. Ich fuhr knapp neben dem Gehsteig. Der Schatten, den der Gehsteig warf, sah aus wie die Silhouette der Schweizer Berge am Horizont.«

»Danke«, sagte Herr Alfred.

Die Libelle

Ob ich derjenige sei, der hier sitze und sich Geschichten erzählen lasse, fragte der Mann, und ich antwortete: »Ja, mittwochs.«

Er war schlank, hatte einen grauen Bart und breite, sehr rote Lippen. Er arbeite zweihundert Meter vom Kaffeehaus entfernt im Wirtschaftsministerium und heiße Hermann Verda, er sage das lediglich aus Höflichkeit, ich dürfe den Namen sofort wieder vergessen.

»Ich habe ihn mir aber bereits gemerkt«, sagte ich.

»Ich bin Jogger«, sagte er. »Ich tu das beinahe jeden Tag. Ich renne seit vielen Jahren dieselbe Strecke. Donaukanal, Praterallee, Prater, retour. Eineinhalb Stunden. Schwitzen wie angeschüttet. Ich laufe gerne auf Asphalt. Spielt keine Rolle bei gutem Schuhwerk. Nie war ich krank seit elf Jahren. Vorher immer. Egal.

Im Sommer war ich drei Wochen am Land. Spielt keine Rolle wo. Mit meiner Familie. Frau und Tochter. Die Tochter ist fünfzehn. Und da lief ich und kannte die Strecke noch nicht sehr gut. Es ist ein Vergnügen, eine Strecke zu laufen, die man sehr gut kennt, und es ist ein Vergnügen, eine Strecke zu laufen, die man nicht sehr gut kennt. Würde jetzt zu weit führen.

Ich laufe also auf einer schmalen Asphaltstraße, auf der keine Autos fahren dürfen, und auf einmal ist das Asphaltierte zu Ende. Der Weg führt auf einem Damm weiter und ist nur notdürftig gekiest. Rechts und links Maisfelder. Die Kolben waren schon reif.

Ich laufe also auf dem Kiesweg, und da merke ich, daß vor mir, so zwei Meter vor mir, eine Libelle fliegt. Nahe am Boden fliegt sie. Und sie behält den gleichen Abstand zu mir. Eine schöne Libelle. Wie ein Hubschrauber. Ein blauer Körper. Ich laufe, und sie fliegt.

Dann laufe ich langsamer, will doch sehen, wie sie davonfliegt. Tut sie nicht. Sie hält immer den gleichen Abstand. Dann laufe ich schneller, und sie fliegt schneller.

Der Damm zieht sich in einem langgestreckten Bogen dahin, vielleicht einen Kilometer weit. Eher weniger. Egal.

Und dann fange ich an, Kieselsteine zu spritzen. Ich haue mit dem Fuß in den Boden beim Rennen, daß der Dreck herausspritzt. Weil ich die Libelle vertreiben will. Ich will sie vertreiben, weil sie mich von meinen Gedanken ablenkt. Das mag ich nicht. Darum jogge ich ja. Wegen der Gedanken, die ich dabei habe. Die habe ich nämlich sonst nicht, jedenfalls nicht in dieser bunten und klaren Art und Weise. Egal.

Aber die Libelle fliegt weiter. Sie weicht, so scheint es, dem Dreck und den Steinchen aus. Wie kann sie das, bitte? Hat sie hinten Augen? Hat sie einen Instinkt, der sie merken läßt, was von hinten auf sie zufliegt?

Ich versuche, sie zu überraschen. Ich laufe langsam, mache plötzlich einen Satz. Es muß doch ganz leicht sein, einfach über sie drüberzuspringen, denke ich. Geht nicht. Geht nicht. Ich mache den Satz, da hebt sie sich hoch, fliegt einen Bogen, wie ich einen Bogen springe, und dann hält sie wieder den gleichen Abstand.

Weil ich mit meinen Gedanken ohnehin schon aus dem Ruder bin, tu ich etwas, was ich sonst nie tue. Ich bleibe stehen. Sofort bleibt die Libelle auch stehen. Sie sind wirklich wie Hubschrauber, die Libellen. Kann das sein, daß Hubschrauber nach Libellen gebaut wurden, anfänglich? Egal.

Libellen bleiben nicht richtig stehen in der Luft, das wär falsch ausgedrückt. Sie stehen, dann zacken sie ab, fliegen in Höchstgeschwindigkeit einen Viertelkreis und stehen dann wieder, und zwar an derselben Stelle, und dann zacken sie wieder ab. So hat es auch meine Libelle gemacht.

Ich warte.

Die Libelle wartet auch. Wonach orientiert sie sich denn? Sie kann mich nicht sehen. Jedenfalls nicht so gut, daß sie so prompt reagieren könnte, wie sie es tut. Richtet sie sich nach dem Geruch? Keine Ahnung. Egal.

Ich laufe weiter. Die Libelle fliegt weiter. Und schließlich denke ich, es ist genug, und drehe um. Ohne Rast. Drehe einfach um und laufe zurück.

So, denke ich, zwei Möglichkeiten: Entweder sie überholt mich und fliegt wieder vor mir her oder sie fliegt hinter mir her.

Und die Libelle: Sie überholt mich. Nicht sofort. Nach etwa zehn Metern. Und so geht unser Spiel weiter. Bis zu der Stelle, wo das Asphaltierte beginnt.

Aber das ist noch nicht meine Geschichte. Das heißt, das wäre meine Geschichte. Hätte ich sie nie jemandem erzählt, dann wäre meine Geschichte an der Stelle, wo das Asphaltierte beginnt, zu Ende.

Aber zu Hause erzähle ich die Geschichte meiner Frau. Sie ist von uns beiden die Sachlichere.

Sie sagt: Das hat etwas zu bedeuten. Das sagt die Sachlichere!

Ich erzähle die Geschichte meiner Tochter. Sie war früher ebenfalls sachlich, ist aber seit der Pubertät verschwärmt bis an den Rand des Erträglichen.

Und sie sagt: Das hat etwas zu bedeuten.

Was soll das zu bedeuten haben? sage ich.

Die Libelle ist eine Seele, sagt meine Tochter.

Oder etwas Ähnliches, sagt meine Frau.

Ich wäre nie auf die Idee gekommen. Egal.

Ich habe weder meine Frau noch meine Tochter ernst genommen. Dann ist der Urlaub vorbei, und im Büro erzählen wir uns gegenseitig, was wir alles erlebt haben im Sommer, und ich erzähle die Geschichte mit der Libelle.

Und meine Sekretärin sagt: Das hat etwas zu bedeuten.

Meine Kollegin sagt dasselbe.

Und die Sekretärin von meiner Kollegin sagt es auch.

So.

Und alle meinen, meine Libelle sei eine Seele.

Warum redet ihr von meiner Libelle? Die gehört mir doch gar nicht!

Ach, alle fangen an, sich meinen Kopf zu zerbrechen. Sie schauen in Symbollexika nach.

Muß Libelle denn unbedingt Seele bedeuten? frage ich.

Ja, heißt es.

Sieht eine Libelle denn nicht eher wie ein Hubschrauber aus?

Findet niemand. Ob ich je einen hellblauen Hubschrauber gesehen hätte.

Ich halte dagegen: Ob sie je eine hellblaue Seele gesehen hätten.

Inzwischen bin ich ein Fall. Hätte ich die Geschichte von der Libelle nie erzählt, wäre ich kein Fall. Das wollte ich Ihnen mehr oder weniger mitteilen.«

Er stand auf, grüßte mit zwei Fingern und verließ das Café.

Caligulas Blitzableiter

Seit kurzem sah man Caligula nur noch zusammen mit einem lockigen jungen Mann ins Kaffeehaus kommen.

Rita sagte: »Das Gleichgeschlechtliche bietet für einen Menschen wie Caligula mit seinen hundertachtzig Kilo wahrscheinlich mehr Trost als jede Heterosexualität.«

»Meine Güte, Rita«, sagte ich, »wie redest du?«

»Man redet so inzwischen«, sagte sie.

»Alles Unsinn«, sagte Herr Alfred, der uns gerade Gulaschsuppen auf den Tisch stellte. »Herr Korn hat endlich einen Blitzableiter gefunden, das ist alles. Seither ist seine Seele gesund.«

Und dann erzählte Herr Alfred, was es zu erzählen gab.

»Wernhofer«, sagte er, »der arme Wernhofer, der hatte Herrn Korn auf den Gedanken gebracht ...«

»Tun Sie mir einen Gefallen«, unterbrach ihn Rita, die sogar während des Essens mit einer Feder ihre Handmuskulatur trainierte, »nennen Sie ihn nicht Herr Korn, sagen Sie Caligula zu ihm. Ich weiß, er will es.«

Herr Alfred ignorierte sie und fuhr fort. »Als Herr Wernhofer aus der Anstalt entlassen worden war ...«

Wieder unterbrach ihn Rita: »Wernhofer möchte übrigens, daß man Irrenhaus sagt. Er möchte es ausdrücklich!«

Herr Alfred fuhr ohne Reaktion fort. »Als Herr Wernhofer aus der Anstalt entlassen worden war, Sie werden sich erinnern, da erzählte er Herrn Korn von seinem Traum, in dem er ihn ermordet hatte. Und da haben sich die beiden bis spät in die Nacht hinein unterhalten, was dieser Traum wohl zu bedeuten habe. Längst war Sperrstunde, aber ich habe keine Anstalten gemacht, die beiden Herrn zum Gehen aufzufordern. Ich konnte ja sehen und auch hören, daß ihr Gespräch ihr Leben meinte, ihr ganzes Leben. Was ist dagegen eine Sperrstunde!

Herr Korn kam zu der Ansicht, daß der geträumte Mord in Wahrheit eine Art Blitzableitung sei, daß Herr Wernhofer alle Übel seines Lebens auf ihn, Herrn Korn, ablade oder wenigstens abladen wolle. Und mit dieser Traumdeutung war Herr Wernhofer einverstanden, und Herr Korn war begeistert davon.

Ich habe nichts dagegen, daß du dein Übel auf mich ablädst, sagte Herr Korn.

Noch nie zuvor habe ich sein breites Gesicht so glücklich gesehen, ein regelrecht aufgejubeltes Gesicht hatte er, wenn ich mich so ausdrücken darf.

Wirf alles Übel auf mich, rief er, daß es in dem leeren Kaffeehaus widerhallte.

Und dann sagte Herr Wernhofer: Und du? Auf wen wirfst du dein Übel? Wer ist dein Blitzableiter?

Man darf Herrn Wernhofer keinen Vorwurf machen, daß er diese Fragen stellte. Aber die Fragen machten, daß Herr Korn ganz traurig wurde.

Ja, sagte er, ich glaube, wir dürfen Herrn Alfred nicht weiter in unbezahlte Überstunden treiben.

Dann stand er auf. Nie werde ich dieses Aufstehen vergessen. Als ob Herr Korn seine hundertachtzig Kilo aus dem Kaffeehausboden herausstemmte. Wer will schon der Blitzableiter dieses Mannes sein, dachte ich. Wer kann das? Das wird niemand können. Aber es geschah ein Wunder, ja, ein Wunder. Herr Korn hat mir davon berichtet. Er wollte, daß ich davon erfahre.

Sie waren Zeuge, als ich der Blitzableiter des Herrn Wernhofer wurde, so ähnlich sagte er, nageln Sie mich bitte nicht auf den genauen Wortlaut fest, Ihnen möchte ich die gute Nachricht als erstem erzählen.

Er hatte einen neuen Mitarbeiter in seinem Grafikbüro angestellt, einen jungen Mann, hübsch, lockig, und dieser Mann habe ihm bei seinem Einstellungsgespräch folgende Geschichte erzählt.

Vor zwei Sommern sei er mit dem Motorrad durch die Stadt gefahren, da sei ein Kombi aus einer Ausfahrt gestoßen, habe ihn erwischt und fünf Meter durch die Luft geschleudert. Gelandet sei er auf einem städtischen Grünstreifen, wie durch ein Wunder unverletzt. Ein Arzt habe ihm geraten, er solle, um einen eventuellen Schock abzumildern, ein paar Tage Urlaub machen. Er sei mit dem Zug nach Vorarlberg gefahren, just mit jenem Zug, der hinter dem Arlberg entgleist sei. Zufällig, zufällig sei er während des Unglücks nicht an seinem Platz, sondern im Speisewagen gewesen. Das hatte ihm vielleicht das Leben gerettet. Zwei Tage später habe er Bauchschmerzen gehabt, der Arzt habe gesagt, das sei eine Folge von mehreren Schocks, es könne nicht anders sein, einen Menschen, der ohne Schock so viel Übles auf sich laden könne, den gebe es nicht. Aber es war kein Schock, es war ein Blinddarmdurchbruch.

Diese Geschichte erzählte der junge, lockige Mann unserem Herrn Korn. Und Herr Korn erzählte sie mir.

Können Sie sich vorstellen, wie glücklich ich war, sagte er zu mir. Diesen Mann hat mir doch der Himmel geschickt oder wer auch immer.

Ich gebe zu, das Wort Himmel stammt von mir, Herr Korn würde den Himmel nie in den Mund nehmen. Aber er meinte dasselbe. Jedenfalls hat der junge Mann den Job in Herrn Korns Grafikbüro bekommen. Und seither sind sie unzertrennlich. Das ist die Geschichte.«

»Weiß der hübsche junge Mann, daß ihn Caligula als Blitzableiter gebraucht?« fragte Rita.

»Dasselbe wollte ich auch gerade fragen«, sagte ich.

»Er weiß es«, sagte Herr Alfred und hob die Brauen und spitzte die Lippen, was er tut, wenn er sagen will: Endlich seid ihr beim Punkt. »Ja, der junge Mann weiß es. Und stellen Sie sich vor, er ist ebenso begeistert davon, Herrn Korns Blitzableiter zu sein, wie Herr Korn begeistert war, Herrn Wernhofers Blitzableiter zu sein.«

»Und...«, sagte ich vorsichtig, sagte ich hinterlistig. »Und? Hat Herr Korn auch schon die einschlägigen Fragen gestellt?«

»Welche Fragen?« sagte Rita.

Herr Alfred aber nickte. »Nein, hat er noch nicht.«

»Welche Fragen?« rief Rita immer wieder, bevor Max kam.

Harte Schalen

Ich hatte einen Fehler begangen, einen empfindlichen. Ich hatte Herrn Pietzsch nach seiner verstorbenen Frau gefragt. Niemand tat das. Alle im Kaffeehaus, die ihn kannten, redeten hinter seinem Rücken über seine Frau und über das Elend, das ihn seit ihrem Tod nicht verlassen hatte, das ihn bitter gemacht hatte, das ihn in der Weltgeschichte nach Anekdoten suchen ließ, die beweisen sollten, daß alles, was ist, entweder Zufall oder Willkür sei. Hinter seinem Rücken redeten sie über ihn. Ich aber hatte ihm meine Frage ins Gesicht gesagt.

»Was wollen Sie wissen?« fuhr er mich an und zuckte mit seinem Arm aus, als hätte er einen Stromstoß abbekommen. Sein Mund, der breit war und farblos, kam mir vor, als wäre er, seit ich den Mann kannte, immer tiefer gerutscht. Das Kinn darunter war unerheblich.

»Alles will ich über Ihre Frau wissen«, sagte ich.

Ich hielt mich für ein wenig weise in diesem Augenblick. Du wirst es sein, der des Herrn Pietzsch harte Schale knackt, dachte ich.

»Herr Alfred hat schon von Ihrer Frau erzählt«, sprach ich mit weicher Stimme weiter, kümmerte mich nicht darum, daß ich unseren loyalen Kellner anschwärzte. »Aber ich würde gern mehr von ihr wissen. Sie muß eine großartige Frau gewesen sein.«

Herr Pietzsch richtete seine hellblauen Augen auf mich. Nichts konnte ich aus diesem Blick deuten. Ich trotzte ihm. Anstrengend war es.

Nach einer Weile sagte er: »Wissen Sie, wie Lenin starb?«

»Nein, das weiß ich nicht«, sagte ich.

»Am Ende dieses Jahrhunderts sollte man das wissen. Seinen ersten Schlaganfall hatte er im Mai 1922. Von da an war er nur noch in beschränktem Maße arbeitsfähig. Den zweiten Schlag empfing er ein Jahr später. Von da an war er nicht mehr an das wirkliche Leben angeschlossen. Er lebte in seinem Haus und meinte, er dirigiere mit dem kleinen Finger. Meinte, die Musik sei so eingespielt, daß mehr nicht nötig sei.

Und die Welt besserte sich. Sie wurde lebenswert. Das stand in der Zeitung. Und schließlich hieß die Zeitung ja die *Wahrheit*. Stalin ließ für den Alten eine eigene Ausgabe der *Prawda* drucken. Davon gab es nur ein Stück. Stellen Sie sich vor, was so ein Exemplar heute wert wäre! Ein wohltemperiertes Blatt war es. Keine Jubelgazette. So etwas hätte Lenin nicht geglaubt. Und keine Lobeshymnen auf den greisen, kranken Führer. So etwas hätte Lenin nicht gutgeheißen.

Die Welt in der Zeitung wurde besser, der Gesundheitszustand Lenins schlechter. Der Revolutionär wußte, er würde bald sterben. Aber er hatte keine Angst davor. Ich habe die Welt in neue Gleise gehoben, wird er sich wohl gedacht haben, in bessere Gleise. So lag er in seinem Bett, das Zimmer war kühl, die Fenster abgedunkelt.

So lag er und dachte über sich und die Welt nach und schaute durch das Halbdunkel auf die Möbel. So stelle ich mir das vor. Und dann – das ist verbürgt, Lenins Leibarzt hat es berichtet, und Jahre später wurde sein Bericht öffentlich –, dann begann der Lehnstuhl mit dem Mann zu reden.

Er sagte: Du bist ein Mörder.

Und Lenin sagte: Du bist immer hier gestanden, hast nie unter Nässe und Kälte gelitten, bist nie getreten worden, deine Haut ist aus feinem roten Samt, deine Lehne aus glattem, sauberem Holz. Nie hat jemand anderer auf dir gesessen als ich, du weißt nicht, was alles notwendig ist in dieser Zeit.

Aber der Lehnstuhl sagte wieder: Du bist ein Mörder.

Der alte Revolutionär stützte sich im Bett auf seine Ellbogen und fragte ins Zimmer hinein: Teilt hier jemand die Meinung des Lehnstuhls?

Ich teile die Meinung des Lehnstuhls, hörte er. Auch ich sage: Du bist ein Mörder.

Es war die schmale, sehr kunstvoll gedrechselte Leiter vor dem hohen Bücherregal.

Sonst noch jemand? fragte Lenin.

Jetzt war es still.

Lenin schüttelte die Handglocke, die auf seinem Nachttisch stand. Ein Genosse betrat den Raum. Der war in Lenins Haus beordert worden, um dem greisen Führer Wünsche zu erfüllen, allerdings nur solche Wünsche, die nicht in die Staatsgeschäfte hineinreichten.

Nimm den Lehnstuhl und die Leiter, befahl Lenin, und wirf die beiden in den Fluß. Aber vorher breche sie!

Und weil das ein Wunsch war, der nicht in die Staatsgeschäfte hineinreichte, zerbrach der Genosse den Lehnstuhl und die Bücherleiter und warf die Teile in den Fluß.

Lenin schlief. Am Morgen wachte er auf, da war die Sonne noch hinter dem Horizont.

Ich bin aufgewacht, sagte er ins Zimmer hinein, weil ich euer bockiges Schweigen nicht ertrage.

Ich gebe zu, ich schmücke ein wenig aus, aber ähnlich wird er geredet haben, wenn man glaubt, was sein Arzt erzählte.

Was habt ihr gegen mich vorzubringen? fragte der Staatsmann die Möbel.

Aber die Möbel schwiegen. Und da hat Lenin ein schlechtes Gewissen bekommen.

Ich gebe zu, sagte er, vielleicht war ich zu hart. Aber die Zeit, die Zeit, die Umstände, die Umstände!

Die Möbel schwiegen.

Da hat Lenin das Bett verlassen. Er konnte sich kaum auf den Beinen halten. Er stützte sich an seinem Schreibtisch ab. Aber dann entschuldigte er sich bei seinem Schreibtisch und stützte sich am Sessel ab. Und dann ließ er auch den Sessel los und entschuldigte sich bei ihm.

Am Morgen fand ihn der Arzt. Lenin lag auf dem Boden, weinend, die Hände ringend, bat er die Möbel um Verzeihung.

Wie werten sie die Geschichte?«

»Der Mann war am Ende seines Lebens geistig umnachtet«, antwortete ich, wie ich es in Geschichtsbüchern gelesen hatte.

»Sie antworten, wie sie es in Geschichtsbüchern gelesen haben«, sagte Herr Pietzsch.

»Das gebe ich zu«, sagte ich.

»Sonst noch Fragen?«

»Nein.«

Bevor Max kam, blieb ich nur noch an meinem Tisch sitzen. Ein paar Minuten vergingen, dann kam Herr Alfred.

»Ich habe gehört, Sie haben Herrn Pietzsch nach seiner Frau gefragt«, sagte er. »Das war ein empfindlicher Fehler.«

»Das gebe ich zu«, sagte ich.

Muchtis Bekehrung

Wernhofer war wieder da. Er spielte nicht Billard. Das wunderte mich.

»Ist etwas mit ihm?« fragte ich Rita.

»Er hat etwas herausgefunden, anscheinend«, sagte sie.

»Daß alles doppelt ist in der Welt«, sagte Herr Alfred, der mir, ohne daß ich etwas gesagt hätte, ein Paar Frankfurter und einen großen Schwarzen brachte.

»Und jetzt macht er eine Liste«, sagte Rita.

»Was für eine Liste denn?« fragte ich. »Was die besten zwei Sachen in der Welt sind.«

»Und was meint er?«

»Sex und Religion«, sagte Rita.

»Oh«, sagte ich, »dasselbe hat Muchti auch gemeint.«

»Bitte«, rief Rita und schob die Ärmel ihres Pullovers über ihre Arme, und ich muß sagen, sie kamen mir nicht mehr so muskulös vor wie noch letzten Mittwoch, »bitte, ich bin so deprimiert, erzähl mir eine Geschichte von Muchti!«

Herr Alfred hielt sich in der Nähe, und ich begann: »Nachdem nun Muchti lange Zeit Atheist gewesen war, ist er plötzlich fromm geworden. Ach, der arme Muchti, der hatte es schwer mit seiner Familie, die er liebte und für die er einfach nicht sorgen konnte. Er konnte es einfach nicht, er bemühte sich, aber dann kam immer etwas dazwischen. Er lernte andere Frauen kennen oder ließ sich an Freundschaftsschwüre erinnern oder er wurde in

Wetten verstrickt, die jeder verloren hätte, sogar Albert Einstein oder Sylvester Stallone.

Und einmal war es so, daß er einem Freund einen Gefallen tat, der bestand darin, daß er dessen Frau mit dem Auto irgendwohin bringen sollte. Unterwegs hatten die Frau und Muchti Lust aufeinander, und es war schon Herbst, und Muchti sagte: Wir können uns in meine Wohnung schleichen, und es in der Küche auch dem Boden machen, wenn wir leise sind, merkt es meine Chrau nicht.

Aber seine Frau hat es gemerkt, und sie hat Muchti rausgeschmissen.

Mitgenommen hat er einen Rucksack voll vom Letzten. Er ist weggefahren mit dem Zug, und der Zug war schuld, so sagte er später, daß er auf die Idee gekommen sei, sich umzubringen.

Züge sind Teuchel, sagte er. Nie im Leben sei er bis dahin auf so eine Idee gekommen. Es muß am Zug gelegen haben, sagte er.

Er dachte sich Folgendes: Ich will in der Nacht irgendwo bei einem kleinen Bahnhof aussteigen und an der Bahnlinie entlang gehen, und wenn ein Zug kommt, am besten ein Schnellzug, dann will ich mich unter den werfen.

Und da war es Nacht, und da war auch ein kleiner Bahnhof, und Muchti stieg aus. Der Wind blies in sein unglückliches Gesicht, das verhaart war, wie ein verwaister Garten verunkrautet. Er war der einzige, der ausgestiegen war, und es wartete auch niemand auf dem Bahnsteig. Kein Mensch war zu sehen, auch kein Fahrdienstleiter. An diesem Bahnhof stand nur Muchti. Und es war kühl. Da ging Muchti in die Schalterhalle, die nicht größer war als zwei kleine Wohnzimmer. Und da war auch niemand.

Auf der Ablage vor dem Schalter stand ein Paket. Das hatte wohl jemand abgestellt, damit es mit dem nächsten Zug weitergeleitet würde, oder es war hier aus einem der Züge abgeladen worden. Ein großes Paket. Ein durchaus vielversprechendes Paket, so kam es Muchti vor. Er legte seine Hand darauf. Dann versuchte er es zu heben. Ein schweres Paket. Er schüttelte das Paket. Es klapperte. Aha, Metall, dachte Muchti. Vor Metall hatte Muchti immer Respekt gehabt. Also, Muchti hob das Paket auf und trug es hinaus.

Ich wußte nicht, was ich damit eigentlich wollte, sagte er später. Es war eine Inspiration.

Und draußen lehnte ein Fahrrad. Muchti klemmte das Paket auf den Gepäckträger und fuhr mit Paket und Rad davon.

Ohne Ziel, sagte er.

Er fuhr auf dem Feldweg, der an der Bahnlinie entlang führte. Er wollte ja seinem Vorsatz, sich umzubringen, nicht untreu werden. Und dann kam er an eine Stelle, wo eine Laterne war. Da stieg er ab und öffnete das Paket.

Was glaubt ihr! Das Paket war angefüllt mit Hunderten handtellergroßen Christusfiguren aus Gußmetall. Die Kreuze fehlten, es waren nur die Körper, Arme ausgestreckt, graues Metall. Sollten wohl noch weiterverarbeitet werden, ehe sie nach Maria Zell oder sonstwohin geschickt würden.

Und da bekam Muchti einen Zorn, der fast ein heiliger Zorn war. Er wollte Christus, an den er in dieser Minute nicht glaubte, bestrafen.

Weil, sagte er später, wenn es ihn doch gäbe, müßte er bestracht werden, denn er hat es zugelassen, daß uns meine Chrau in der Küche erwischt hat.

Und wie hat Muchti Christus bestraft? Er hat eine ganze

Reihe dieser Figuren auf die Gleise gelegt, zwischen jeder Figur ein bis zwei Meter Abstand, mindestens fünfzig Meter der Gleise seien mit Christusfiguren bepflastert gewesen.

Und dann kam der Schnellzug aus Wien. Und gerade in dem Augenblick, als der Zug mit einem gefährlichen Krach über die erste Figur fuhr, genau in diesem Augenblick, fand Muchtis Bekehrung statt. Er fiel neben dem Bahndamm auf die Knie und betete ein Gegrüßet-seist-du-Maria mit Der-für-uns-gekeuzigt-worden-ist, und dann war der Zug auch schon über die Christusfiguren hinweggefahren. Muchti aber kniete und wartete auf den Blitz von oben. Aber der kam nicht.

Da nahm er seinen Rucksack, warf alles heraus, was er von zu Hause mitgenommen hatte, und sammelte die zerquetschten, zerschundenen Heilande ein. Und, Freunde, diese Heilande, die verwüsteten, sie brachten Muchti Glück und Geld, und er durfte schließlich zu Hause wieder einziehen.«

»Und wie?« fragte Rita.

»Er kehrte in die Stadt zurück und verkaufte die Figuren auf der Straße. Er stellte ein Schild davor, auf dem stand: Der Erlös dient meiner Wiedereingliederung. Brachte gut Geld. Die Leute meinten, die Figuren habe ein Verzweifelter im Gefängnis gebastelt. Die Figuren sahen wie das erbarmungswürdige Abbild einer verzweifelten Seele aus.«

Ein freier Nachmittag

Der Oktober ist mein Monat. Im Oktober bin ich geboren, in der Mitte des blauen Oktober.

Ich fuhr mit dem 71er aus der Stadt hinaus, beim Zentralfriedhof stieg ich aus und ging. Es war so warm, daß ich die Jacke von den Schultern nahm. Die Sonne kümmerte sich um meinen Rücken.

Als ich neunzehn war, war einer in meiner Nachbarschaft, der war etwa so alt wie ich, und der hatte eine schwärmerische Liebe zu Gott. Jeder andere wäre dafür ausgelacht worden. Er nicht. Denn er war ein wunderbarer Gitarrist, jeder, der von ihm sprach, sagte: ein einmaliges Talent. Aber ich dachte, wie geht das zusammen, wie geht das nur zusammen, ich merke doch, daß seine Musik in mir keine Gottesgefühle weckt, ganz im Gegenteil. Er spielte auf einer Fender Telecaster, das ist eine Gitarre, die einem, wie er immer sagte, nichts schenkt.

Warum fiel mir der Gitarrist an diesem blauen Oktobertag ein? Ich habe keine Ahnung.

Seinen Vornamen habe ich vergessen, nur seinen Familiennamen weiß ich noch, Studeny hieß er. Er lebte allein mit seiner Mutter. Die arbeitete als Krankenschwester in unserem Spital. Ich weiß nicht, was der Studeny heute macht. Ach, ich hätte es verdammt gern, wenn er immer noch auf seiner Telecaster spielte! Amerika wird ihn mit offenen Armen empfangen haben! Etwas anderes kann ich mir nicht vorstellen. Er besaß einen kleinen, gelben Verstärker, den stellte er in sein offenes Fenster, und dann spielte er. Und draußen standen wir, die Unbegabten, die weniger Begabten, und wenn er nur einen einzigen Ton spielte und wenn er diesen Ton federn ließ, wie ich es von amerikanischen Bluesgitarristen kannte, dann riß mein Herz auf, und ich sah Ziel, Zweck und Sinn meines Lebens vor mir. Aber mein Herz erhob sich nicht zu Gott. Er, der Studeny, sagte, das Gitarrespiel erhebe ihn zu Gott. Ich verstand ihn nicht …

Ich spazierte an diesem blauen Oktobernachmittag durch den jüdischen Teil des Zantralfriedhofs. Ich sah niemanden. Hier war niemand. Ich setzte mich neben ein Grab und betrachtete einen Salamander, der starr, wie aus schwarzem Metall gegossen und poliert, vor meinen Füßen darauf wartete, daß ich mich bewegte. Ich wartete, daß er sich bewegte.

Dann suchte ich mir ein bequemeres Grab aus. Ich fand eines, da war eine breite, bemooste Steinplatte davor, auf die legte ich mich und blickte ins Blaue. Um diese Stelle herum waren einige Bäume gefällt worden, und so hatte ich eine weite Fläche des Himmels über mir. Was konnte ich da alles sehen! Und ich wußte, ich würde mich noch lange an diesen Nachmittag erinnern. Das war Glück, und es war nur durch den Gedanken, daß es Glück war, ein wenig gestört …

Der Studeny spielte in einer Band, in der ich auch gern gespielt hätte. Ich hätte die Rhythmusgitarre spielen können, das hätte ich fertiggebracht. Warum haben sie mich nicht mitmachen lassen? Ich weiß es nicht mehr. Der Studeny war ein Großer, ein Dünner, er sah aus, wie es für einen Rockmusiker günstig war auszusehen. Er hatte schwarze, glatte, immer etwas fettige Haare und Backenbärte hatte er, die sein Gesicht gefährlich aussehen ließen. So stellte man sich einen Rockmusiker vor. An der linken

Hand trug er einen mächtigen Ring. Bevor er die Gitarre zur Hand nahm, küßte er den Ring. Das hatte mit Religion zu tun. Während seiner Soli konnte man sehen, daß er vor sich hinmurmelte. Er betete. Er betete um ein gutes Solo. Und er bekam ein gutes Solo.

Während seiner Auftritte rauchte der Studeny nicht und trank nicht, nur Wasser trank er, und aß nichts, und bei den Proben hielt er es genauso.

»Wenn ich esse oder trinke oder rauche«, sagte er, »dann fühle ich mich wohl, und wenn ich mich wohl fühle, dann spiele ich gut. Aber dann spiele ich gut, weil ich gegessen, geraucht oder getrunken habe. Ich aber will gut spielen, weil mir Gott das gute Spiel schenkt, und sonst aus keinem anderen Grund.«

Wir anderen haben uns das angehört und dazu geschwiegen. Seine Soli waren so umwerfend, daß niemand an seinen Worten zweifeln konnte. Ich zweifelte an mir. An mir und an den meisten anderen Menschen. Gab es uns überhaupt?

An den Studeny dachte ich, als ich an meinem blauen Oktobernachmittag in den Himmel über dem Zentralfriedhof schaute. Eine Kugel aus Vögeln rollte über den Himmel. Dann zerdehnte sich die Kugel. Alle Vögel in dem Schwarm bewegten sich gleich. Manchmal zeigten sie mir die Schnittlinie ihrer Flügel, dann waren sie nur feine Striche. Dann wieder präsentierten sie sich von ihrer breiten Seite, alle zugleich, da füllten sie einen Fleck Himmel ganz aus. Für eine Minute schlief ich ein.

Ich schlief und träumte nicht.

Wir anderen, die Unbegabten, die weniger Begabten, wir legten uns jeder auch einen dicken Ring zu. Ich zog meinen aus einem Kaugummiautomaten. Andere bekamen ihren Ring von einem Onkel geschenkt. Ich küßte heimlich meinen Ring, der lange nach Himbeerpulver roch. – Lieber unnahbarer Studeny, hoffentlich hast du das Gitarrespielen nicht aufgegeben! Warum habe ich nie mehr etwas von dir gehört? Bist du nicht berühmt geworden?

Dann stand ich von meinem Grab auf, die Knochen taten mir weh. Ein Liebespaar sah ich zwischen den alten Grabsteinen gehen. Sie ließen einander nicht los. Was habe ich doch für einen schönen Beruf, dachte ich, daß ich mich an so einem Nachmittag ins Blaue legen kann.

Ich betrat gerade noch rechtzeitig das Kaffeehaus, bevor Max kam.

Liebe, die erste

Wernhofer ging es gut. Man hatte eine Lösung gefunden.

»Ich will es so«, sagte er zu mir. »Zwar nicht ich habe den Vorschlag gemacht, aber ich hätte ihn genausogut machen können.«

Er hatte am Tag Ausgang und kehrte am Abend in die Anstalt zurück.

»Bitte«, sagte er, »sprich nicht von der Anstalt. Ich bin Insasse eines Irrenhauses.«

»Ach, Wernhofer«, sagte ich, »sei mir nicht böse, ich kriege das nicht fertig. Ich möchte lieber Anstalt sagen.«

Wir spielten Billard, und ich verlor. Gegen Wernhofer hatte ich nie eine Chance gehabt – gegen den Mann mit den langen Armen, die wie Schienen sind, auf denen die Billardkugel rollt, klack, das erste Ziel, klack, das zweite ...

»Zugenommen hast du«, sagte ich.

»Hattest du je eine erste Liebe?« fragte er.

»Wie nicht?« sagte ich. »Ich hatte eine zweite Liebe, also muß ich auch eine erste gehabt haben.«

»Ich hatte auch eine zweite Liebe und eine dritte, sogar eine vierte Liebe«, sagte Wernhofer. »Aber ich erinnere mich an die erste nicht mehr. Der Arzt im Irrenhaus hat mich nämlich heute danach gefragt. Die Idee war, sich an die erste Liebe zu erinnern und dann herauszukriegen, was die letzte Erinnerung an sie ist. Das ist Therapie. Sehr durchsichtig. Aber wo steht geschrieben, daß Therapie geheimnisvoll sein muß. Ich habe gehört, du hast vor langer Zeit ein Stück Finger für deine Liebe hingeopfert ...«

»Wernhofer«, sagte ich. »Stimmt.«

Ich mochte nicht mehr Billard spielen. Wer will immer nur verlieren. In Liebesgeschichten wollte ich Wernhofer besiegen. Er wollte eine Geschichte nach Hause mitnehmen, ins Irrenhaus. Ich habe mich dann doch getraut, Irrenhaus zu sagen.

»Ulla hieß meine erste Liebe«, sagte ich, »sie hat mich verlassen, einmal, dann ein zweites Mal, dann ein drittes Mal und dann ein viertes Mal. Dann hat sie geheiratet und zwei Kinder gekriegt. Ich habe sie drei Jahre nicht gesehen. Ich habe zufällig in einem Skiort ihre Schwester getroffen, und die hat mir erzählt, Ulla gehe es nicht gut, sie wolle sich scheiden lassen. Ihr Mann sei zuerst den ganzen Tag eingeraucht gewesen, nun sei er nicht mehr eingeraucht, nun sei er bei einer Sekte.

Ich habe Ulla besucht, habe ihr offen gesagt, daß es in den letzten drei Jahren nur ein Gebet für mich gegeben habe, nämlich: Bitte, lieber Gott, mach, daß Ullas Ehe restlos kaputtgeht.

Das hat ihr imponiert. Sie sagte: Ich würde gern mit dir schlafen, aber ich weiß nicht, wie ich es dir sagen soll.

Wir haben ihre beiden Kinder geholt, sie sind zu dritt in unsere Wohngemeinschaft gezogen, die Kinder haben alle unsere Schuhe zum Fenster hinausgeworfen, die ganze Wohngemeinschaft hat vor dem Scheidungsrichter lügnerisch ausgesagt, Ulla hat die Kinder gekriegt und ein bißchen Geld, ich bin aus der Wohngemeinschaft ausgezogen und mit Ulla und den Kindern zusammengezogen, meine Güte, was bin ich in dieser Zeit herumgezogen!«

»Ich will nie wieder herumziehen«, sagte Wernhofer.

»Was ist aus deiner Rolling-Stones-Sammlung geworden?« fragte ich.

»Ich will nie wieder umziehen«, sagte er noch einmal.

»Und dann eines Tages geschah folgendes«, sagte ich. »Ich war ein gemütlicher Hausmann und Ziehvater geworden, kein Tag unter drei Stunden Fernsehen, da kam um 22 Uhr der Film *Der eiskalte Engel*, kennst du doch, Wernhofer, mit Alain Delon. Ulla wollte zu einem Konzert gehen, da spielte ein Folksänger, ich wollte fernsehen. Und ich schaute fern. Und um zwölf schaute ich nicht mehr fern, sondern nur noch zum Fenster hinaus. Und um zwei auch noch, aber da hatte ich schon hohen Puls. Und um fünf am Morgen kam Ulla nach Hause.

Ich bin zu müde zum Reden, sagte sie.

Ich sagte: Laß deinen Rücken anschauen!

Warum meinen Rücken? sagte sie.

Ich habe eine Inspiration, sagte ich.

Zieh deine Schlüsse daraus, sagte sie und zog ihr T-Shirt über den Kopf.

Ihr Rücken war zerkratzt. Da waren links oben über dem Schulterblatt drei parallele wollfadenbreite, rote Kratzer, zwei etwa so lang wie eine halbe Zigarette, der dritte kürzer. Und über der Wirbelsäule, ungefähr in der Höhe des Nabels, vielleicht eine Kleinigkeit höher, war ein breiter Kratzer, stumpf und dunkelrot, halb so breit wie ein Isolierband.«

»Meine Güte«, sagte Wernhofer, »meine Güte«, und nickte und blickte mich dabei so verständnisvoll, so voll Erbarmen an, daß mir schauderte. Es war ein Blick wie eine Werbung. Wofür, Wernhofer, willst du da werben, dachte ich. Für den Frieden? Für dein Irrenhaus?

»Fühlst du dich wohl, wo du bist?« fragte ich ihn.

»Erzähl weiter«, sagte er.

»Das ist lange her«, sagte ich. »Ich habe sie gefragt: Wie lange denkst du, daß das mit dem, der das gemacht hat, gehen wird?

Ich glaube, ziemlich lange, sagte sie. Es ist ziemlich gut.

Und was soll ich tun? fragte ich.

Sie sagte: Hör zu, ich könnte dir jetzt leicht alles mögliche vorspielen, könnte sagen, bitte, warte, ich muß erst damit fertig werden, könnte sagen, es ist nicht wichtig, und so weiter. Aber ich sage, es ist mir im Augenblick ziemlich wurscht, was du machst. Das ist nämlich die Wahrheit.

Wernhofer, schau mich nicht so an!« rief ich.

»Und die letzte Erinnerung an sie?« fragte er ruhig und schwer.

»Wernhofer, ich brauche deine durchsichtige Therapie nicht«, sagte ich.

Er lachte, verzog den Mund zu einer Schrumpfhöhle, wie er es beim Lachen immer tat, damit die Lippen die Zähne verdeckten.

»Laß dir doch endlich die Zähne richten«, sagte ich. »Gibts keinen Zahnarzt in eurer Anstalt?«

»Die letzte Erinnerung«, sagte er.

»Ich weiß es nicht«, sagte ich. »Laß mich in Frieden!«

Trost von Beckett

Rita hatte ich schon lange nicht mehr gesehen. Sie war nicht mehr im Kaffeehaus, jedenfalls nicht mehr an den Mittwochabenden, bevor Max kam. Ich traf sie eines Nachmittags vor dem Kunsthistorischen Museum. Sie saß auf den Stufen, die Ellbogen auf die Oberschenkel gestützt.

»Heulst du?« fragte ich.

»Fast«, sagte sie.

»Warum denn?« fragte ich.

Sie sagte: »Wenn ich eine Romanfigur wäre und ich wäre die Schriftstellerin, dann würde ich mich sterben lassen.«

»Das denkt sich jeder«, sagte ich, das war abgeschmackt. »Fast jeder«, schränkte ich ein, »manchmal einer hie und da«, verringerte ich noch mehr.

»Ich bin sechsundvierzig«, sagte sie, »meine Figur stellt sich um, ich trainiere jeden Tag, ich liege am Boden und mache schmerzhafte Bauchmuskelübungen, und Klimmzüge mache ich und Liegestützen, und mit dem Expander arbeite ich und mit Hanteln, und dann jogge ich, und: Schau mich an.«

»Muskulös bist du«, sagte ich, »das wird dir jeder bestätigen.«

Was sagte sie? Ihre Figur stelle sich um? Noch nie hatte ich so etwas gehört.

»He«, rief ich und zog sie auf die Beine, »was ist mit dir los? Was heißt, deine Figur stellt sich um?«

»Ich habe nichts, worauf ich mich freuen kann«, antwortete sie.

»Wohin gehen wir?« fragte ich.

»Was willst du von mir?« sagte sie.

»Ich erzähle dir etwas Erhebendes«, sagte ich.

»Mir wäre aber lieber, du würdest etwas von mir wollen«, sagte sie.

Sie schritt hinter mir her. Sie trug einen langen, altmodischen, fleckigen Ledermantel, die Schöße bauschten sich um ihre Beine, November war bald, ein Mantel, wie ihn die Bösen in *Spiel mir das Lied vom Tod* tragen.

»Schöner Mantel«, sagte ich.

Wir gingen in Richtung Secession, und ich dachte, wenn es wirklich lebensdringend ist, daß ich Rita etwas Erhebendes erzähle, dann soll alles in Ordnung sein, dann habe ich lediglich meine Pflicht getan; wenn sich aber herausstellt, daß es gar nicht so lebensdringend war, daß nämlich Rita auf den Stufen zum Kunsthistorischen Museum gar nicht geheult hat, daß sie sich gar nicht würde sterben lassen, wenn sie eine Romanfigur und gleichzeitig die Schriftstellerin wäre, dann – na gut, dann bin ich eben ein Held, ein stiller, kleiner Held des Alltags, der bereit ist, ein paar Löffel eigenen Blutes zu geben, um damit einen Mitmenschen aus seinem Tief zu locken.

Wir spazierten über den Naschmarkt, und ich erzählte ihr die erhebendste Geschichte, die ich auf Lager hatte. Sie nagte an einer Selleriestange.

»Niemanden habe ich je mehr verehrt als Samuel Beckett«, so begann ich. »Ich war damals einundzwanzig, und fast alles, was Beckett geschrieben hat, war bereits ins Deutsche übersetzt. Ich studierte in Deutschland und hatte mich in einem Anfall von Größenwahn mit meinem Vater zerstritten, sicher auch mit dem Hintergedanken, daß, wenn ich eine Beckettfigur wäre, ich mich mit meinem Vater zerstreiten würde. Jedenfalls setzten von da an die monatlichen Zahlungen aus. Ich aß, wenn mich jemand einlud, ich rauchte, wenn mir jemand Zigaretten schenkte ...«

»Es tröstet mich nicht, wenn du mir erzählst, daß es dir schon schlechter gegangen ist«, sagte Rita.

»Der einzige Trost in meinem Leben«, fuhr ich fort, »war Samuel Beckett, ich hatte alle seine Romane, alle seine Theaterstücke gelesen. *Molloy* hatte ich sogar viermal gelesen, *Das letzte Band* konnte ich auswendig hersagen, und wenn mir einer fünf Mark gab, dann rezitierte ich Luckys Monolog aus *Warten auf Godot*.

Ich wußte, es gab einen Roman, Becketts erster, der war noch nicht ins Deutsche übersetzt. Dieser Roman hieß *Watt*. Natürlich hatte ich über ihn gelesen. Es mußte ein phantastisches Buch sein, sein erster Wurf, in dem sich in genialisch undisziplinierter Form bereits die ganze bunte Kargheit von Becketts Erzählkunst ausbreitete ...«

»Du gibst ordentlich Gas«, sagte Rita, »möchtest du auch eine Handvoll Sauerkraut?«

»Auf diesen Roman *Watt*«, erzählte ich weiter, »lauerte ich. Ja, ich lauerte. Ich fragte bei den Buchhändlern nach. Die kannten den Roman gar nicht. Ich rief beim Verlag an. Ließ mich mit dem Verleger verbinden. Der sagte, es sei schön, wenn sich ein junger Mensch so für ein Buch interessiere. Mehr sagte er nicht.

Bald redete ich mit meinen Freunden über nichts anderes mehr als über *Watt* von Samuel Beckett.

Irgendwann fragte mich ein Student aus Oldenburg, den ich wegen seiner breiten Unterlippe nicht ansehen konnte, woher ich denn überhaupt wisse, daß Beckett diesen Roman geschrieben habe.

Ich sagte, es gebe da ein Buch über Beckett, da stehe das drin.

Das wolle er sehen, sagte er.

Zu Hause fand ich die Stelle nicht mehr. Ich lüge nicht. Ich blätterte eine Stunde lang in dem Buch, aber ich fand den Hinweis auf *Watt* nicht mehr ...«

»Lügst du?« fragte Rita.

»Ich begann mir Sorgen zu machen«, redete ich weiter, »Sorgen um mich. Konnte es sein, daß ich mir *Watt* einbildete? Stell dir vor, Rita, das wär doch auch eine ungeheure Chance gewesen! Verstehst du! Ich wußte ja ungefähr, was in *Watt* stand, ich hatte den Inhalt ja schon x-mal erzählt, soweit er eben in diesem Buch beschrieben war. Man war begeistert. Stell dir vor, ich hätte mir das alles nur eingebildet. Dann hätte ich Becketts genialsten Roman geschrieben, ich und nicht er.

Und dann: Eines Nachts ging ich an einer Buchhandlung vorbei. Da standen die Neuerscheinungen im Schaufenster, und mitten darunter: *Watt*. Mit Preisschild: 48 Deutsche Mark.

Hatte ich nicht. Würde ich auch in einem Monat nicht haben.

Am nächsten Tag stellte ich mich in der Klinik zum Blutspenden an. Aber sie nahmen mich nicht. Weil ich unterernährt war. – Ich habe *Watt* nie gekauft und nie gelesen.

Gehts dir besser, Rita?«

»Ja.«

Die Beichte

»Bitte, setzen Sie sich«, geheimniste Herr Pietzsch.

Er flüsterte. Ich kannte ihn zu gut. Ich ließ mich nicht täuschen. Herr Pietzsch hatte keine Geheimnisse zu verteilen, und seine Augen sahen kalt aus wie Stein, aber Herr Pietzsch war kein kalter Mann, und er war kein geheimnisvoller Mann. Er hatte in seinem nun über siebzigjährigen Leben gelernt, damit umzugehen, daß er für kalt und geheimnisvoll gehalten wurde; und er hatte gelernt, sich ein wenig kalt und geheimnisvoll zu geben, um seine Mitmenschen nicht zu enttäuschen.

Rita mochte ihn nicht. Sie meinte, Herr Pietzsch spiele nur den, der wisse, daß er für kalt und geheimnisvoll gehalten werde, es aber nicht sei, ja, er spiele das nur, meinte sie, in Wirklichkeit aber sei er eben doch kalt und geheimnisvoll.

»Ich will beichten«, sagte Herr Pietzsch.

Ich merkte, wie mir das Blut in den Kopf schoß, und ich merkte, wie sich meine Lippen spitzten und wie ich zu pfeifen anfing, was ich ganz bestimmt nicht wollte, das alles führte mein Körper auf, weil mein Kopf mit einer solchen Attacke an Verlegenheit nicht fertig wurde.

»Ich verstehe Sie nicht«, sagte ich, setzte mich aber zu ihm.

»Mir fiel gerade etwas Schreckliches ein«, sagte Herr Pietzsch, »etwas, das vor fast siebzig Jahren geschehen ist, und immer habe ich mir vorgenommen, mit jemandem darüber zu reden, und immer habe ich es vergessen. Mit meiner Frau, freilich, mit ihr hätte ich darüber sprechen sollen, sie hätte gelacht. Aber meine Frau ist tot. Und gerade fiel mir die Geschichte wieder ein, und ich nahm mir vor, dem Erstbesten, der vorbeikommt, dem werde ich sie erzählen. Denn ich fürchte, ich werde sie sonst nie mehr los. Sie sind der Erstbeste. Trinken Sie Whisky am Nachmittag?«

Schon.

»Als ich ein Bub war, in den späten zwanziger Jahren, da wohnte ich mit meiner Mutter an der Alserstraße. Mein Vater war bereits gestorben, er hatte den Ersten Krieg überlebt, war in Fetzen zu Fuß von Leipzig nach Wien gegangen und war dann gestorben, an der Grippe. Wir beide, meine Mutter und ich, haben es nicht leicht gehabt, aber auch nicht allzu schwer. Sie hat eine Rente bekommen, glaube ich, oder etwas Ähnliches, etwas Monatliches von ihren Schwiegereltern, sie hat als Sekretärin in einem kleinen Betrieb gearbeitet, der Steckdosen und anderes Zeug aus Bakelit hergestellt hat. Auch Sachen aus Zelluloid haben die produziert, meine Mutter hat manchmal Zelluloidstreifen mit nach Hause gebracht, weil ich so gern darauf herumgekaut habe.

Der Besitzer dieses Betriebes, ich habe seinen Namen bis heute nicht vergessen, ein gewisser Harry Lewenbach, der war verliebt in meine Mutter. Er war Witwer, und er kam oft zu uns und sagte, in Zeiten wie diesen müsse man über alles hinwegsehen und sich zusammentun. Was er damit meinte, reimte ich mir zusammen – Witwer tut sich mit Witwe zusammen, Unternehmer tut sich mit Arbeiterin zusammen, Mann tut sich mit Frau zusammen.

Ich war damals acht oder neun Jahre alt. Ich haßte diesen Mann, der uns nicht in Ruhe ließ. Ich sagte mir, die Mama haßt ihn auch. Weil er sie nicht in Ruhe läßt. Aber sie haßte ihn nicht. Ob sie ihn liebte, weiß ich nicht. Sie zog eine weiße Schürze an, wenn er kam. Eine pfeilgerade Person war meine Mutter, ein bißchen streitsüchtig vielleicht, erklärungssüchtig, alles mußte sie haarklein erklären, hat manchmal kein Ende gefunden, und hat sich hinterher ewig lang dafür entschuldigt.

Er, der Herr Lewenbach, er schenkte mir ein Fahrrad, unerhört war das. Es war ein gebrauchtes Fahrrad, trotzdem. Er war so hell, der Herr Lewenbach. Ich muß es so ausdrücken. Ich habe ihn als hell in Erinnerung – helle Augen, helle Anzüge, helle Hände. Im Gesicht, am Kinn hatte er etwas Mehliges. Was konnte das sein? Ich weiß es nicht. In meiner Erinnerung sieht er wie ein Märchenbäkker aus.

Eines Abends vor dem Schlafengehen fragte mich meine Mutter: Willst du, daß Herr Lewenbach dein neuer Papa wird? Und ich sagte ja. Ich wollte nein sagen, aber ich sagte ja. Ich dachte nämlich, wenn ich nein sage, dann fallen der Mama die Haare aus dem Knoten, und sie fängt an zu reden und wird lauter und lauter, und sie hört nicht auf, bis ich vor Müdigkeit Schmerzen habe. Ich war süchtig nach dem Geruch von Zelluloid, wenn es zerbrochen oder zerbissen wurde. Mit dem Zelluloidgeruch tröstete ich mich in die Nacht hinein. Wenigstens dieser Geruch wird dir sicher sein, sagte ich mir, denn deine Mutter heiratet einen Zelluloidfabrikanten.

Gut, sagte meine Mutter am nächsten Tag, es war ein Sonntag, dann sollst du deinem zukünftigen Vater unsere Entscheidung überbringen. Sie übergab mir einen weißen Briefumschlag. Fahr mit dem Rad, sagte sie, er wird sich freuen, wenn er sieht, daß du mit seinem Rad fährst.

Ich klemmte den Brief zwischen Sattel und Schutzblech, und ich sagte zu mir: So, wenn der Brief nicht herunterfällt, bis ich bei der Fabrik des Harry Lewenbach angekommen bin, dann überreiche ich dem Harry Lewenbach den Brief. Wenn er aber herunterfällt, dann überreiche ich ihn nicht, denn dann kann ich ihn ja nicht überreichen.

Und dann fuhr ich wie der Teufel über das Kopfsteinpflaster, fuhr in die tiefsten Fahrrinnen hinein, mitten durch Pferdeäpfelhaufen hindurch, und immer wieder drehte ich mich um und schaute, ob der Brief noch da sei. Aber der fiel nicht herunter. Eine Feder vom Sattel hatte sich in ihn gebohrt. Da radelte ich zum Donaukanal hinunter, zerrte den Brief unter dem Fahrradsattel hervor, riß ihn in Fetzen und warf ihn ins Wasser.«

»Hat Sie denn nicht interessiert, was Ihre Mutter geschrieben hat?« fragte ich. »Und noch etwas«, hängte ich schnell an. »Daß Sie Chemiker geworden sind, hatte das mit dem Geruch von Zelluloid zu tun?«

»Sie sehen das Problem nicht richtig«, sagte Herr Pietzsch. »Ich habe meiner Mutter ein Stück Leben genommen.«

Die Augen und die Sonne

Ich sah ihn in der Eingangstür zum Kaffeehaus stehen. Er hatte das Licht des Nachmittags in seinem Rücken. An seiner Haltung erkannte ich ihn. Er hielt den Kopf etwas schief, die Hände hatte er ein wenig vom Körper abgespreizt, so als schickte er sich an, auf ein Balancierseil zu steigen. Es ist die Haltung eines Blinden, dachte ich, und da wußte ich, es ist der Mann, der mich für sein Leben nicht leiden konnte.

Ich räusperte mich. Ich saß wie immer in der Nische links neben dem Eingang, heute im Pullover, das war meine Ausnahme.

Der Mann hob die Fingerspitzen, bewegte den Kopf langsam in meine Richtung. »Ach, Jochen«, sagte ich, »mach doch nicht so ein Theater! Setz dich zu mir oder setz dich nicht zu mir, geh wieder oder bleib. Nur steh nicht da wie der Mann im langen schwarzen Mantel.«

»Du also wieder«, sagte er und tastete sich an meinen Tisch.

»Soll ich dir helfen?« fragte ich den Blinden und räusperte mich noch einmal, denn meine Stimme hatte gezittert, und meine Hand zitterte auch, und mir war heiß.

»Blöder Hund«, sagte er, stieß an einen Stuhl, schob ihn grob beiseite, der Stuhl fiel mit einem Krach um. Herr Alfred war schon da, hob den Stuhl auf. »Darf ich Ihnen helfen?« fragte er den Blinden.

»Danke, Herr Alfred«, beeilte ich mich, »ich bin schon der blöde Hund.«

»Sag dem Lakai, ich will ein Bier«, befahl mir Jochen. Und dann weiter: »Ich bin gekommen, um mich bei dir zu entschuldigen.«

»Wofür?« fragte ich.

»Weil ich dir vor einem halben Jahr hier in diesem Kaffeehaus eine Szene gemacht habe. Halts Maul! Du wolltest sagen, das sei nicht nötig, stimmts? Still, ich rede! Ich kann nichts sehen, aber reden kann ich noch. Das wäre euch am liebsten, was, wenn die Blinden gleichzeitig die Stummen wären und dazu auch noch die Tauben und die Lahmen, und wenn sie obendrein die Neger und die Juden, die Schwulen, die Nazis, die Stalinisten und die Scientologen in einem wären, das wär am allerbesten, dann fehlte eigentlich nur noch, daß sie quaderförmig wären, so daß man sie fein stapeln könnte.«

»Stimmt«, sagte ich.

»Hast du dir nie überlegt«, fuhr er fort, »wie ein Blinder Röstkastanien ißt? Wie kann er wissen, ob eine Kastanie verwurmt ist? Ich sage es dir: Er schmeckt es. Stell dir vor, mein Lieber, heute habe ich zum ersten Mal erfahren, daß ausgerechnet jene Kastanien, die mir in meinem bisherigen Leben am besten schmeckten, die verwurmten sind.

Hör zu! Ich habe dein Gesicht noch nie gesehen. Hör zu! Ich habe etwas zu berichten. Habe ich dir von meiner Arbeit erzählt? Ich arbeite für einen Blindenschriftverlag. Ich sitze an einer Maschine, habe Kopfhörer über den Ohren und tippe Texte und merke nicht, ob Licht ist im Zimmer oder nicht. Und heute geschah etwas, das einem Blinden per definitionem nicht zustoßen kann. Sag mir, war heute ein außergewöhnliches Licht vom Himmel her? Es muß eines gewesen sein.

Ich stand mittags vor McDonalds am Schwarzenberg-

platz und habe Kastanien gegessen, die mir nicht schmeckten. Ich drehte mein Gesicht zur Sonne. Ich kann dir nicht
einmal sagen, was Schwarz ist. Einmal war ich zu einer Talk
Show eingeladen, da hat man mich gefragt, wie das
Schwarz des Blinden sei. Ob sich das Schwarz des Blinden
vom Schwarz des Sehenden unterschiede. Ich stand also
vor McDonalds und hielt mein Gesicht in die Sonne. Natürlich habe ich nichts gesehen, ich bin blind von Geburt
an. Aber die Augen taten mir weh. Verstehst du, die Augen
haben mir weh getan!

Einer wie ich kann normalerweise stundenlang in die
Sonne schauen, da zwinkert er nicht einmal. Ich habe
keine Augen, und daß ich doch welche habe, das hat man
mir in Talk Shows so lange eingeredet, bis ich es glaubte.
Was ist nur aus mir geworden, dachte ich. Ein schlecht
gelaunter Mensch bist du geworden. Auch das haben sie
dir eingeredet. Ein Blinder muß schlecht gelaunt sein,
weil er es darf. Ich remple Stühle an und werfe sie um, als
ob ich unschuldig wäre. Und warum? Weil ich es darf.
Ich bezeichne freundliche Kellner als Lakaien. Warum?
Weil ich es darf.

Tut es weh, wenn du in die Sonne schaust?

Da kam mir eine Theorie. Wem die Sonne nicht weh
tut, der darf alles. Aber ich will nicht alles dürfen. Ich
will, daß der Kellner zu mir sagt, hau ab, du blinde Sau!
Man sieht es mir an, dachte ich vor McDonalds, man sieht
es mir an, daß mir die Sonne nicht weh tun kann.

Und dann tat sie mir weh. Es war ein Schmerz in meinen Augen! Ich mußte die Hand davor halten. Und darum
bin ich ins Kaffeehaus gekommen, um mich bei dir zu
entschuldigen.«

»Du bist verrückt, Jochen«, sagte ich. »Vor Jahren war
ich bei einer Frau zum Abendessen eingeladen, und ich

kam pünktlich. Sie sagte: Entschuldige, setz dich doch, das Essen ist gleich fertig, ich muß nur noch einen Bericht im Fernsehn anschauen. Sie ging ins Wohnzimmer und machte hinter sich die Tür zu. Ich dachte, gut, sie ist wohl verwirrt, hat aus Versehen die Tür vor meiner Nase zuge-macht, wird sie gleich wieder aufmachen. Aber nein, nichts, sie machte die Tür nicht auf. Ich stand im Gang, und weil die Küchentür offen war, habe ich mich in die Küche gesetzt. Hockte da im Mantel. Wartete. Nach einer Stunde klopfte ich an die Wohnzimmertür. Trat ein. Die Frau saß vor dem Fernseher, war eingeschlafen. Ich schal-tete den Fernseher ab, knipste das Licht aus. Ich stellte mich im Dunkeln vor den Sessel, beugte mich über die Frau. Dann ging ich.

Ein halbes Jahr später traf ich sie. Sie fragte: Was war damals? Nichts, sagte ich.«

»Was gehen mich deine Geschichten an«, sagte Jo-chen, stand auf und verließ das Kaffeehaus.

Ich, ein Detektiv

Ein gewisser Hans Oswald bat mich, in seiner Ehe zu vermitteln ...

Nein, das habe ich jetzt nicht fair ausgedrückt. Es handelt sich nicht um einen *gewissen* Hans Oswald, der Mann war ein Schulfreund, und damals vor fünfunddreißig Jahren habe ich alles daran gesetzt, daß er mich überhaupt beachtete.

Er war der Sohn unseres Gemeindearztes, der einzige Bub in der Klasse mit einer Stehfrisur. Ich kannte keinen, dem es nicht in den Fingern juckte, der ihm nicht über den Kopf hätte streicheln wollen. Einen schlanken, langen Hals hat er gehabt, aus dem sich in der Pubertät ein spitzer, behender Adamsapfel drückte.

Wir waren zusammen auf dem Gymnasium, dann studierte er in Innsbruck Medizin, und ich reiste ab ins Ausland. Und letzten Mittwoch kam er mir auf der Treppe zur U-Bahn entgegen.

»Mich hast du nicht erkannt«, sagte er, und er hatte recht. »Ich bin am Ende«, sagte er, und mir schien, er hatte wieder recht.

»Was ist denn?« fragte ich.

»Meine Frau«, sagte er.

Warum habe ich ihn eigentlich nicht erkannt? Sein Haar war schwarz wie früher, und wie früher war es im amerikanischen Militärschnitt der fünfziger Jahre gehalten.

Hans Oswald führte mich zu sich nach Hause. Eine erbärmliche Behausung war das. Er ist Arzt, und in seinem Schlafzimmer liegen die Schaumgummimatratzen auf dem Boden.

»Verdienst du schlecht?« fragte ich ihn.

»Ich verdiene gut«, sagte er. »Mir ist nur niemals Friede geboten worden.«

Seine Frau war mir sympathisch. Sie ist Ärztin im Krankenhaus, Anästhesistin. Sie lächelte beim Sprechen, und beim Lächeln zwickte sie die Augen zusammen, und in den Augenwinkeln stauten sich zarte Fältchen. Ich fühlte mich herzlich aufgenommen in ihre Gedanken.

»Woran liegts bei euch?« fragte ich.

»Frag sie«, sagte Hans Oswald.

»Mach einen Spaziergang mit mir«, sagte sie.

»Mach einen Spaziergang mit ihr«, sagte er.

Also machte ich einen Spaziergang mit Marion. Wir fuhren mit der U-Bahn zum Praterstern und gingen die Praterallee vor und wieder zurück.

»Ich will dir sagen, woran es bei euch liegt«, begann ich zu dozieren. »Du kommst nachts nicht mehr nach Hause ... Unterbrich mich bitte erst, wenn ich etwas Falsches sage. Also du kommst seit einiger Zeit in der Nacht nicht mehr nach Hause. Warum? Weil Hans ein Verhältnis mit einer langhaarigen Blondine hat. Ich vermute, du hast dir irgendwo in der Stadt ein Zimmer gemietet. Hast nichts weiter mitgenommen als das Ehebett. Ein leeres Zimmer, in dem nichts weiter steht als euer Bett, das jetzt nur noch dein Bett ist. Bin ich zu melodramatisch? Hans hat sich diese billigen Schaumstoffmatratzen gekauft und sie auf den Boden gelegt. Im Schaumstoff verklemmen sich lange Haare. Wußtest du das? Nun, ich habe den Blick eines Detektivs. Ich habe lange, blonde Haare auf der Matratze gesehen. Du bist dunkel und hast kurzes Haar.«

»Sprich weiter«, sagte sie.

»Wenn das alles wäre«, fuhr ich fort, »dann könnte Hans bis auf das bißchen schlechten Gewissens zufrieden sein. Ich kenne ihn zwar nicht gut, das heißt, ich habe ihn seit über zwanzig Jahren nicht gesehen. Aber eines weiß ich: Das schlechte Gewissen entwickelt sich in einem Menschen nicht, es ist entweder da oder nicht. Bei Hans war es nie sonderlich ausgeprägt. Warum also sagt er, er sei am Ende, wenn er doch derjenige ist, der fremdgeht? Weil du seit kurzem ebenfalls fremdgehst ...«

»Willst du Tee trinken?« fragte sie.

»Bitte«, sagte ich.

Wir waren inzwischen wieder beim Praterstern angelangt. Sie winkte ein Taxi herbei, und wir fuhren zu ihr nach Hause.

»Erzähl weiter«, sagte sie, da saßen wir bereits in ihrem Zimmer.

Es war ein hoher Raum. Der Boden bestand aus schachbrettartig gelegten schwarzen und weißen Kacheln. Kein Bild hing an der Wand. Von der Decke strahlte eine nackte Glühbirne. An einer Steckdose hingen zwei Kochplatten. Nur ein Möbelstück stand hier: ein Ehebett.

»Das kann nicht sein«, sagte ich. »Ich wollte doch nur einen Beruhigungsspaß machen. Ich habe mir das rein zusammenphantasiert. Ich kann nicht hellsehen!«

»Was ist?« sagte sie, lächelte, zwickte die Augen zusammen. »Was weißt du noch über Hans und mich?«

»Nichts weiß ich«, stammelte ich. »Gar nichts.«

»Ach«, sagte sie und lächelte nicht mehr, und ihre Augen sahen aus wie Tupfer. »Wer bist du überhaupt? Hat er dich engagiert? Schleichst du hinter mir her? Hast du eine Kamera bei dir? Ja? Ich hindere dich nicht. Kannst ruhig fotografieren!«

Mir wurden die Seiten naß und der Nacken schwer.
»Warum duzen wir uns überhaupt?« sagte ich und
mußte husten. »Das hätte ich schon von Anfang an nicht
zulassen dürfen. Wie komme ich dazu! Was geht mich
eure Ehe an!«

»Du hast ihm versprochen zu vermitteln«, sagte sie.
»Was zahlt er dir.«

Es war ein Alptraum. Sie ließ mich nicht aus den Augen. Der Blick einer Anästhesistin kann doch nichts be-
wirken, ich meine, etwas im medizinischen Sinn, Verwir-
rung mit Selbstbezichtigung in der Folge, wie unter der
Folter. Oder hatte sie mir etwas in den Tee getan? Hau ihr
eine ordinäre Frechheit hin, dachte ich, damit kann sie
nicht umgehen, dann gewinnst du Zeit.

Ich stand auf – wir waren nicht auf dem Bett gesessen,
nein, nein, im Schneidersitz waren wir auf dem Fußbo-
den gesessen –, ich stand auf, wollte es sagen, konnte es
nicht, jedenfalls so mitten in ihr Gesicht hinein konnte
ich es nicht sagen, drehte mich um und sagte es zu der
Wand hin, die makellos weiß gestrichen und bilderlos
war. Dann eilte ich zur Tür hinaus.

Als ich das Kaffeehaus betrat, fühlte ich mich fiebrig.

»Sie brauchen ein Aspirin«, sagte Herr Alfred.

So saß ich da und fühlte die Welt um mich herum
weich werden.

Chemische Träume

»Als Chemiker hat man sein Lebtag einen Minderwertig-
keitskomplex«, sagte Herr Pietzsch und bevor ich dage-
genhalten konnte, als Schriftsteller habe man das auch,
fuhr er fort: »Nur spürt man davon bis zur Pensionierung
nichts. Verstehen Sie, was ich meine?«

Es ist schwierig, mit Herrn Pietzsch zu reden. Erstens
hat man das Gefühl, er will gar nicht mit einem reden –
auch nicht, wenn er von sich aus zu einem an den Tisch
kommt, das Whiskyglas in der Hand, und von sich aus
das Gespräch beginnt. Er macht den Eindruck, als fühle er
sich genötigt, einer Verpflichtung nachzukommen. Zweitens, das wußte ich aus Erfahrung, verengten sich die
Unterhaltungen mit Herrn Pietzsch zum Schluß hin zu
Fallen, in die man plumpste, ohne hinterher genau zu
wissen, wie es geschehen und was eigentlich die Falle gewesen war.

»Nein«, sagte ich, »ich verstehe nicht, was Sie meinen.«

Sein Gesicht, das glatt war wie eine milchige Plastik-
tüte, verzog sich. »Erst seit ich in Pension bin, lese ich Bücher, in denen nicht nur über Chemie gefaselt wird. Dich-
tung, verstehen Sie! Und da wird mir bewußt, was ich
vorher alles nicht wußte, und ich merke auch, daß ich
schon ein Leben lang unter diesem Unwissen leide, un-
bewußt leide. Wenn Sie wissen, was ich damit meine.«

»Ich weiß wieder nicht, was Sie meinen«, sagte ich.

»Na dann«, sagte er.

Ich dachte, damit wird sein Ausflug quer durch das Kaffeehaus zu meinem Tisch beendet sein.

Er zögerte, dann setzte er sich an meinen Tisch und sagte: »Plötzlich wurde mir klar, ich habe ein Leben lang einer Profession gedient, die nichts, aber auch gar nichts Schönes hervorgebracht hat. Oder wissen Sie irgend etwas Schönes, das wir der Chemie verdanken? Sehen Sie. Und dann lese ich Gedichte. Wie schön sind doch Gedichte! Da muß ein ganzes Arbeitsleben vergehen, in dem man sich mit schlechtem Gewissen plagt, wenn man verkrustete Glasröhrchen wegschmeißt, anstatt sie zu reinigen, und Tausende Feierabende mit feuchtgeleckten Daumen müssen draufgehen mit Büffeln über naturwissenschaftlichen Zeitschriften, ehe so ein Sack wie ich die Schönheit von Gedichten entdeckt! Ein Jammer! Ein Lebensjammer!

Kennen Sie Samuel Taylor Coleridge, den englischen Romantiker?«

»Ja, ja«, sagte ich.

»Ihr Doppel-Ja verrät mir, daß Sie ihn nicht besonders gut kennen. Nun, wie auch immer. Vor kurzem bekam ich ein Gedicht von ihm in die Hände. Es ist wohl sein berühmtestes Gedicht. *Kubla Khan* heißt es, und es beginnt:

In Xanadu did Kubla Khan a stately pleasure-dome decree ...

Es war sehr spät in der Nacht, schon nach drei Uhr, als ich das Gedicht las. Seit ich allein lebe, finde ich einfach nicht den Weg ins Bett. Nicht, daß ich Wichtiges zu tun hätte, nein. Wenn man älter wird, wird man zum Kind, heißt es. Und ich sage Ihnen, dieser Prozeß fängt in der Nacht an. Auch Kinder wollen nicht schlafen gehen. Sie denken wohl, sie wachen nicht mehr auf. Ich denke es.

Jedenfalls nahm ich in der Nacht eines der Bücher meiner verstorbenen Frau aus dem Regal, es war eine konventionelle Sammlung europäischer Gedichte. Und zufällig schlug ich *Kubla Khan* auf. Und vielleicht weil ich so müde war, daß sich Wachen und Träumen kaum noch unterschieden, das Gedicht hat mich sehr bewegt.

Und dann ging ich doch zu Bett, und ich träumte von dem Gedicht, ich wachte auf, las es wieder. Obwohl ich eigentlich gar nicht verstand, was der Dichter da erzählte – von einem Schloß und einem Fluß und von einem Mädchen mit einer Harfe –, dennoch war mir die Welt des Gedichts wohlig vertraut. Verstehen Sie, was ich meine?«

»Ich kann es mir vorstellen«, sagte ich.

»Wenn mir etwas gefällt, dann will ich alles darüber wissen. Und wenn mir ein Gedicht gefällt, dann will ich alles über den Dichter wissen. Ich ging in die Nationalbibliothek und habe mir eine Literaturgeschichte geben lassen.

Dieser Samuel Taylor Coleridge war ein merkwürdiger Bursche, ein Zivilversager im Grunde, der keinen ordentlichen Beruf hatte, sich aber für alles mögliche interessierte, auch für die Sterne. Schon als Bub habe er, wie er sagt, seinen Geist an das Unermeßliche gewöhnt. Niemals habe er seine Sinne als maßgeblich für seinen Glauben angesehen. Das heißt doch, alles, was ist, steckt in deinem Kopf.

Ein wehleidiger Fratz war dieser Coleridge, hatte ein wenig Rheuma und nahm gleich Laudanum dagegen. Das ist eine Opiumtinktur. Die hat man in jeder Apotheke bekommen. Und dann wurde er süchtig. Hat sich am helllichten Tag aufs Sofa gehauen und geschlafen. Und dann träumte er.

Und wissen Sie, was er träumte? Ein Gedicht träumte er. Er träumte, er stehe vor einer Bücherwand und nehme ein Buch heraus, irgend eine Gedichtsammlung, und er begann darin zu lesen. Eines der Gedichte, die er da las – träumend wohlgemerkt –, habe ihm so gut gefallen, daß er es auswendig gelernt habe – im Traum wohlgemerkt –, und als er aufgewacht sei aus seinem Opiumschlaf, habe er das Gedicht immer noch auswendig gekonnt. So setzte er sich hin und schrieb es nieder. Das war *Kubla Khan*.

Sicher, man könnte sich den Kopf darüber zerbrechen, ob dieses Gedicht, das sein schönstes ist, überhaupt von ihm stammt oder von einem virtuellen Dichter aus einem Traum. Aber diese Frage interessiert mich nicht. Die Geschichte von der Entstehung dieses Gedichtes hat mich mit meinem Beruf ausgesöhnt. Ah, dachte ich, Genie allein genügt also nicht, da muß doch noch ein Schuß Chemie her. Laudanum! Wunderbar! Hier nun endlich ein schönes Ding, das mit Hilfe der Chemie geworden ist!«

»Wollen Sie mich fragen, was man aus dieser Geschichte lernen kann?« sagte ich.

»Nichts kann man natürlich lernen«, sagte er.

»Dann danke«, sagte ich.

Muchti, der Zeuge

Muchti war einmal Zeuge in einem Ehescheidungsprozeß gewesen.

»Herr Richter«, hatte er zu Beginn der Verhandlung gesagt, »ich kann einen Buchstaben im ABC nicht richtig aussprechen, es ist der sechste Buchstabe, das Ech. Nicht daß Sie denken, ich mache mich lustig über das Gericht.«

Er solle nur auf Fragen antworten, die ihm gestellt würden, wurde gesagt, alles andere sei unerheblich.

Muchti hatte es gut gemeint, er wollte der Klägerin mit seinem Sprachfehler nicht schaden. Denn er war ihr Zeuge.

Muchti wollte ein mustergültiger Zeuge sein, und er war ein mustergültiger Zeuge. Unten auf der Straße vor dem Gericht warteten seine Freunde, wilde Typen, die nur mit Mühe von seiner Frau überzeugt werden konnten, daß Muchti dort oben nicht in der Rolle des Angeklagten, also als Hauptdarsteller, sondern bloß in einer Art Gastrolle seinen Auftritt habe.

Worum gings? Muchti war nachts mit dem Auto nach Hause gefahren, da hatte sich ihm eine Frau mit ausgebreiteten Armen in den Weg gestellt. Die Frau war in einem aufgelösten Zustand gewesen, ihr Auge war blaugeschlagen, ein Ohr blutete, das Ohrläppchen war zerrissen, sie hatte Blut an der Lippe und am Unterarm. Erst konnte sie gar nicht sprechen, so außer sich war sie. Muchti, der glaubte, sie werde von Gangstern verfolgt, schob sie rasch in sein Auto und fuhr ab.

Unterwegs erzählte sie, daß sie von ihrem Mann verprügelt worden sei. Und daß sie nie wieder zu ihm zurück wolle. Und daß sie ihn anzeigen wolle.

»Willst du, daß ich dir helche?« fragte Muchti.

Die Frau wollte es.

»Willst du dich scheiden lassen?« fragte er.

Die Frau wollte es.

»Dann darch ich nichts chalsch machen«, sagte er.

Er fuhr die Frau ins Krankenhaus. Er erzählte dem Arzt, was er wußte, und die Frau erzählte, was sie wußte. Muchti sagte, er wünsche, daß ein zweiter Arzt hinzugezogen werde. Das sei zwar nicht nötig, aber bitte.

Dann ließ sich Muchti bei der Aufnahme des Krankenhauses ein Telephonbuch geben und rief einen Anwalt an. Er wollte nichts falsch machen, er hatte in vielen Spielfilmen gesehen, was man alles falsch machen konnte, wenn man sich in juristischen Angelegenheiten nur auf den gesunden Menschenverstand und das Gefühl verließ. – Es war mitten in der Nacht, und der Anwalt sagte ihm, er solle morgen in sein Büro kommen.

Muchti ist ein scharfer Denker, wenn es darauf ankommt. Er dachte sich, unter gar keinen Umständen darf der Eindruck entstehen, ich und die Frau hätten etwas miteinander. Ja, ja, sagte er sich, wenn ihr Mann einen raffinierten Anwalt nimmt, dann stellt der das womöglich so hin, das kannte man aus dem Fernsehen.

Damals war Muchti selbst noch verheiratet. Er rief bei sich zu Hause an, sagte, er werde gleich mit einer Frau kommen. Er selbst schlief in dieser und auch in den folgenden Nächten am Bahnhof, auf einer Bank schlief er, deckte sich mit einer Wolldecke zu. Keiner seiner Freunde war greifbar, darum. Er wollte dem gegnerischen Anwalt keine Handhabe geben.

Die Frau hieß übrigens Hanni. Das wollte Muchti gar nicht wissen. Er hielt sich die Ohren zu. Nur den Familienname wollte er wissen, Angerer.

In Begleitung seiner Frau ging Muchti am nächsten Tag mit Frau Angerer zum Anwalt. Ob er sich als Zeuge zur Verfügung stelle, fragte der Anwalt. Ja, sagte Muchti.

In den zwei Monaten bis zum Prozeß bereitete er sich glänzend vor. Alle Gerichtsfilme, die vorrätig waren, lieh er sich in der Videothek aus. Am meisten sei von den alten Schwarzweißfilmen zu lernen, sagte er, besonders lehrreich, obwohl thematisch doch sehr von *seinem* Prozeß abweichend, fand er *Die zwölf Geschworenen* mit Henry Fonda. »Sicher hätte Henry Chonda gern solche Muskeln wie ich gehabt, aber ich würde gern so aussehen wie er.«

Und dann war die Verhandlung.

»Erzählen Sie«, sagte der Richter.

Muchti sprach langsam, formulierte präzise, sein kleiner Sprachfehler wirkte dabei sogar nobel.

Dann sagte er: »Ich sah, daß die Chrau geschlagen worden war.«

Der Anwalt des Ehemannes unterbrach ihn: »Das sahen Sie?«

»Ja«, sagte Muchti.

»Sind Sie Mediziner?«

»Nein.«

»Dann kennen Sie sich privat mit geschlagenen Frauen aus?«

Muchti war überrumpelt. »Nein«, sagte er, »ich habe noch nie meine Chrau geschlagen, und sie mich auch nicht.«

»Also«, sagte der Anwalt, »verfügen Sie über keine Kompetenz zu behaupten, daß Frau Angerer geschlagen wurde.«

»Weiter«, sagte der Richter zu Muchti, »weiter!«

Muchti erzählte, wie er zum Krankenhaus gefahren sei, daß er auf einem zweiten Arzt bestanden habe, daß weder der erste noch der zweite mit ihm verwandt oder verschwägert sei; daß er noch in der Nacht den Anwalt angerufen habe; daß Frau Angerer bei ihm zu Hause geschlafen habe.

»Und Sie?« fragte der gegnerische Anwalt grinsend. »Wo haben Sie geschlafen?«

Muchti strahlte, auf diese Frage hatte er ja gewartet. »Am Bahnhoch«, sagte er.

Der Richter runzelte die Stirn. »Wo bitte?«

»Auch einer Bank im Bahnhoch, Herr Richter.«

Pause.

»Es gibt eine Art der Fehlerverhütung«, sagte der feindliche Anwalt schließlich, »die verdächtig ist.«

»Wie meinen Sie das?« fragte Muchti.

»Sie haben keine Fragen zu stellen, Zeuge«, wies ihn der Richter zurecht.

»Haben Sie, Herr Zeuge«, fuhr der Anwalt fort, »haben Sie in Absprache mit Frau Angerer sie in den in dieser Verhandlung so günstigen Zustand versetzt?«

Muchti brauchte eine Minute, um die Frage in seinem Kopf zu klären. Dann habe er, behauptet er, dem Fragesteller eine Kopfnuß gegeben und sei von der Verhandlung ausgeschlossen und mit einer Geldstrafe belegt worden.

Frau Angerer aber habe den Prozeß mit Glorie gewonnen, und seither schicke sie ihm jedes Jahr zu Weihnachten einen selbstgebackenen Stollen.

Fast eine Millionärin

»Von dir, Rita«, sagte ich, »wünsche ich mir etwas zu Weihnachten.«

Wir waren uns in letzter Zeit nähergekommen, das hieß: wir hörten einander zu. Aus Mitleid wahrscheinlich, wir taten uns gegenseitig leid.

»Ja, ja, ich weiß schon, was du dir wünschst«, sagte sie, und sie lächelte zuerst nicht und lächelte dann doch. Da sah sie aus wie ein Mädchen, staunende Stimme, furchtloser Mund, und aller Kummer darüber, daß sich ihre Figur veränderte, war für Sekunden aus ihren Augen.

»Daß du mir endlich erzählst, wie du fast eine Millionärin geworden wärst und warum du es dann doch nicht geschafft hast«, sagte ich.

»Ach, geschafft«, sagte Rita, »da gab es nichts zu schaffen, und Millionärin wär ich nicht geworden aus Glück, sondern aus Unglück.

Als ich siebzehn Jahre alt war, traf unsere Familie nämlich eine Katastrophe. Mein lieber Vater, der so weich war, so wollig weich ...«

Da sah ich, wie ihr die Tränen aufstiegen. Darum möchte ich die Geschichte ein Stück weitererzählen.

Ihr Vater war beschuldigt worden, Geld unterschlagen zu haben. Er war Prokurist in einer Herrenbekleidungsfirma. Er war beliebt und hatte gut verdient. Niemand verstand, was in diesen grundgütigen Mann gefahren war. Das sagten alle.

Alle sagten: »Das kann niemand verstehen.«

Am Anfang seien die Nachbarn noch besonders freundlich zu ihm gewesen, mitleidig, solidarisch sogar, als wollten sie dem Mann zu verstehen geben, sie stünden auf seiner Seite im Kampf gegen diesen inneren Dämon, der ihn dazu verleitet hatte, in eine fremde Kasse zu greifen.

Ritas Vater aber sagte nur: »Ich wars nicht.« Und lächelte dabei. »Das habe ich nicht getan.«

Dann wandten sich die Arbeitskollegen von ihm ab, die Nachbarn, die Freunde am Ende.

»Warum ist er so bockig und lügt es weg?« sagte man. Als wäre man ihm böse, weil er im Kampf gegen den inneren Dämon fremde Hilfe zurückwies.

Er aber sagte nur wieder: »Ich habe doch genug verdient. Warum sollte ich so etwas tun?«

Die Leute fragten nicht viel anders: »Warum hat er das getan? Er hat ja genug verdient.« Aber sie hatten auch die Antwort bereit: »Er spielt. Er ist ein Spieler.«

»Ich spiele gern«, sagte Ritas Vater. »Ja. Aber ich bin kein Spieler.«

Und Ritas Mutter sagte: »Warum gibst du dann überhaupt zu, daß du spielst!«

Und er sagte: »Weil es so ist.«

Ritas Vater war kein sturer Mensch, leider war er das nicht, kein Michael Kohlhaas war er. Er war, wie Rita sagte, weich, wollig weich.

Er nahm sich einen Anwalt, weil ihm das empfohlen wurde, lächelte den Anwalt an und sagte: »Es kann sich nur um ein Mißverständnis handeln.«

Der Anwalt sagte: »Was für ein Mißverständnis wäre denkbar, bei dem am Ende so viel Geld fehlt?«

Der Besitzer der Herrenbekleidungsfirma war ein barmherziger Mann, zeigte sich jedenfalls als solcher. Unnahbar, aber barmherzig, hieß es. Er ließ dem Anwalt mitteilen, er werde die Anzeige zurückziehen, er wolle die Sache auf sich beruhen lassen. Allerdings könne er den Mann nicht mehr beschäftigen.

Der Anwalt riet, man solle das Angebot annehmen. Bald werde Gras auch über diese Sache gewachsen sein. Er könne nur diesen Rat geben. Was sonst, er war von der Schuld seines Mandanten überzeugt.

Schade, daß Ritas Vater kein sturer Mensch war. Noch war er das nicht. Aber er lächelte nicht mehr, wenn er sagte: »Ich habe es nicht getan.«

Er war ein gutes halbes Jahr arbeitslos, da begann er stur zu werden.

Er sagte: »Himmel, ich will doch einen Prozeß!«

Er fand einen anderen Anwalt, dem egal war, was war, und egal war, was sein würde, und auch fast egal war, was er daran verdienen konnte, wenn ihm die Sache nur ein Robin-Hood-Image einbrachte.

»Und von da an«, erzählte Rita, »begann unsere Familie zu sterben. Für meinen Vater gab es bald nur noch ein Thema, nämlich seine Rehabilitierung. Er prozessierte und verfaßte Leserbriefe von dreißig Seiten und mehr, die nicht abgedruckt wurden, wo auch. Er wurde bitter und hart und rechthaberisch und hatte fast nie mehr recht.

Meine Mutter verließ das Haus, zog zu ihrem Bruder, den ich bis heute hasse, weil er ihr einreden wollte, sie solle sich scheiden lassen, was sie aber nicht tat. Mein Vater lebte vom Rasenmähen und Heckenschneiden und Schneeschaufeln und von geschenktem Gemüse und dem, was an seinen Bäumen hing.

Ich feige Sau heiratete. Fast den Erstbesten heiratete ich, einen Verrückten, dem ich in London davonlief ...«

»Aber wie bist du in London fast Millionärin geworden, Rita?«

»Das hat mit London nichts zu tun und auch mit meinem Mann nicht und auch mit meinem zweiten Mann nicht, den ich in London geheiratet habe.

Erst stirbt meine Mutter, und mein Vater sagt mir am Telephon, es sei nicht notwendig gewesen, sich zu versöhnen, und ich wußte nicht, wie ich das verstehen sollte, Himmel!«

Und dann: Dann stirbt der Besitzer der Firma. Und auf dem Totenbett hat er dem Notar gestanden, daß er es damals gewesen sei, der das Geld unterschlagen hatte.

»So. Reue. Eben. Zehn Millionen Wiedergutmachung setzte der reiche Mann aus für meinen Vater. Wegen Reue.«

Er hatte einen Sohn, der war so alt wie Rita, der ließ die Angelegenheit prüfen. Lange ließ er prüfen. So lange ließ er prüfen, bis auch Ritas Vater gestorben war.

»Und weil ich die einzige war die von unserer Familie noch übrig war«, sagte Rita, »hätte eben ich die zehn Millionen bekommen sollen. Ich habe dem Sohn einen Brief geschrieben. Roll die Scheine zusammen und steck sie in einen Pariser, habe ich geschrieben. Aber dann hat es mir doch leid getan, und ich wollte das Geld und habe einen zweiten Brief geschrieben …

Ich habs nicht gekriegt. Einfach so habe ich es nicht gekriegt. Aber fast hätte ich es gekriegt, oder?«

»Ja, sehr fast sogar«, sagte ich. Und wir tranken ein Glas, bevor Max kam, Punsch nämlich, weil bald Weihnachten war.

Letzte Fragen

Es war ein Tag, an dem so viel geschehen ist. Und es hörte nicht auf. Allen Leuten, denen ich begegnete, war ein Stück aus ihrem Leben gebrochen. Was übrigens nicht immer als Katastrophe empfunden wurde.

Ein Beispiel: Frau Malewski – die ich schon seit zwanzig Jahren kenne, wir sprechen uns nur mit dem Familiennamen an, es ist eine Art running gag zwischen uns, sie hat früher einen eigenen Laden gehabt, Andenken, Accessoires, Geschmackvolles, dann hatte sie als Verkäuferin in der Bettenabteilung eines Kaufhauses gearbeitet, wer weiß, ob sie meinen Vornamen inzwischen nicht schon längst vergessen hat, ich habe ihren vergessen – Frau Malewski hat sich an diesem Tag durchgerungen, den Gedanken an Scheidung endlich aufzugeben. Ich traf sie auf der Straße, sie stieg aus einem Taxi, im Arm einen ausladenden Blumenstrauß, der in hellblaues Seidenpapier gewickelt war. Ob jemand einen Knaben kriege, hätte ich beinahe gefragt. Hätte ein Witz sein sollen.

»Statt dessen ziehe ich zu Hause aus«, sagte sie.

»Und Ihre Kinder, Frau Malewski?«

»Die nehme ich zum Teil mit«, sagte sie.

Sie hat zwei Kinder, einen Buben und ein Mädchen, mehr hat sie nicht, sie haßt ihren Mann seit dem Sommer 1989.

Wir gaben uns die Hand, ihre war feist geworden, schien mir. Dann setzte ich mich in ihr Taxi.

Der Taxifahrer erklärte mir, er sei Elektrotechniker,

aber arbeitslos, sein Schwager sei eigentlich der Taxifahrer, er springe nur gelegentlich ein, denn seine Frau, eben die Schwester seines Schwagers, logisch, habe gesagt, wenn sie weiter den ganzen Tag seinen Mundgeruch ohne Verschnaufpause dazwischen riechen müsse, werfe sie ihn persönlich an die Wand.

Er lachte. »Hat sie nicht gesagt«, lachte er. »War nur ein vorbeugender Witz. Würde die Rosie nie sagen, so etwas. Ich habe noch nie ein böses Wort über die Rosie gesagt, und sie nicht über mich.«

Als ich zahlte, sagte er: »Schauen Sie, daß Sie nicht arbeitslos werden. Wissen Sie, was passiert? Man kriegt einen Gusto darauf, über die Leute etwas Böses zu sagen.«

»Aha, Philosophie«, rutschte es mir heraus, und ich reichte ihm den Schein zwischen den Sitzen nach vorne.

»Hau ab, Trottel«, nuschelte er.

»Schämen Sie sich«, sagte ich.

»Die Blöße mußt du dir erst einmal geben!« sagte er und sagte es gleich noch einmal: »Die Blöße mußt du dir geben!«

Was bedeutet das alles? Einiges geschieht, und du weißt nicht, was es ist. Du willst wissen, was es bedeutet, aber du weißt nicht einmal, was es ist.

Noch ein Beispiel: Zu Mittag traf ich auf dem Naschmarkt einen Kollegen. Er schreibt Romane und Essays, klug ist er, seine Gedanken sind schön wie Werkzeug aus Stahl. Das ist mehr als Klugheit, glaube ich. Einmal habe ich zu ihm gesagt: »Ach, Philosophie!« Er hat es auf seine Romane bezogen und als Kritik verstanden. Seither haben wir ein gespanntes Verhältnis – ein ein bißchen gespanntes Verhältnis.

Und auf dem Naschmarkt traf ich ihn. Er riß die Augenbrauen hoch: »Ich habe dich gerade zitiert«, sagte er.

»Wo«, fragte ich.

»Ist egal«, sagte er.

»Gibts was auszusetzen an mir«, fragte ich.

»Wenn du noch einmal in …« – er nannte eine Illustrierte –, »… ein Interview gibst, dann rede ich nicht mehr mit dir.«

»Jetzt, drei Tage vor dem neuen Jahr, wollen wir streiten?« sagte ich. »Ist das gescheit?«

»Ach, Philosophie«, sagte er.

Und so ging das durch den ganzen Tag. Zusammenbrüche, und jeder eine andere Farbe. Und ich patzte mich an. Von jeder Katastrophe blieb etwas an mir hängen und wurde trocken und krustig an mir wie der österreichförmige Patzen Reisfleisch an meinem Revers, den ich im Spiegel auf der Toilette im Café entdeckte.

Rita war da. Bevor Max kam, erzählte sie mir von ihrem Tag.

»Eine Katastrophe war heute«, sagte sie. »Ich habe am Nachmittag frei genommen, um mit meiner Tochter Janis Mathematik zu lernen. Zuerst dachte ich, die geben mir nie frei. Seit die neuen Geräte da sind, die für die Brustmuskeln und die Rückenmuskeln, und seit der Turnsaal im Keller renoviert ist, ist im Geschäft die Hölle los. Und dann, schau an, habe ich sofort und ohne weiteres frei bekommen, und das hat mich mißtrauisch gemacht, weil ich dachte, jetzt bauen sie dich ab, weil die eine Fitnesslehrerin Mitte vierzig nicht mehr wollen, vor allem jetzt, wo sich meine Figur umstellt. Und dann betrete ich zu Hause unsere Wohnung, und ich denke, ich muß gleich kotzen. Da ist ein Geruch in der Wohnung, nicht daß es ein besonders grausiger Geruch ist, es ist ein Geruch, der unmittelbar auf das Brechzentrum in meinem Gehirn zielt. Und wer stinkt da so? Die Freundin von Janis, die beiden sitzen im Wohnzimmer und tun mit Sinus und Kosinus herum.

Ich ziehe Janis in die Küche. Hör zu, sage ich. Was ist das? Wonach stinkt die Helena so?

Das ist der Hausgeruch von denen, sagt sie.

Ich kann nicht Mathe lernen mit euch, sage ich, das geht nicht, da muß ich kotzen.

Und weißt du, was das Schlimmste war? Dieser Geruch hat sich augenblicklich auf mein Gemüt geschlagen. Ich wußte gar nicht, daß es das gibt. Musik klar, es gibt Musik, die einen depressiv macht. Aber ein Geruch? Ich saß in der Küche und hätte heulen können. Immer wieder ist meine Tochter zu mir gekommen und hat sich eine Aufgabe erklären lassen.

Was soll ich der Helena denn sagen, daß du nicht im Wohnzimmer mit uns lernst? hat sie gefragt.

Ich habe eine halbe Flasche Eau de Cologne in ein Küchentuch geschüttet, habe es vor die Nase gedrückt und bin ins Wohnzimmer gegangen.

Entschuldige, Helena, sagte ich, ich habe einen häßlichen Ausschlag unter der Nase und möchte nicht, daß du ihn siehst.

Dann habe ich den beiden Sinus und Kosinus und Tangens beigebracht. – Was für ein Tag!«

»Ach, Rita«, sagte ich, »warum gibt es uns eigentlich?«

»Was wird aus uns?« sagte sie.

»Wer sind wir?« sagte ich.

Die Geschichte
einer Eisenstange

Jetti Lenobel wußte sich zu bewegen. In was für Kreisen verkehrte sie? Ich beobachtete, wie sie draußen vor der Fensterfront des Kaffeehauses entlangging. Sie hatte eine Haltung natürlicher Arroganz – was, bedenkt man es recht, eine Unmöglichkeit ist, setzt Arroganz doch gerade jene Art von Selbstbewußtsein voraus, die nötig ist, um einen anderen zu verachten, Natürlichkeit jedoch bedeutet das Gegenteil nicht nur solchen, sondern allen Selbstbewußtseins, nämlich Selbstvergessenheit ...

Sie betrat das Café, und alle königliche Gelassenheit fiel von ihr ab. Nun wußte sie, daß sie beobachtet wurde, oder wenn nicht, daß zumindest die Möglichkeit bestand, daß sie beobachtet wurde. – Sie ist ein komplizierter Mensch, die Jetti Lenobel. Und sie macht alles um sich herum kompliziert. Sie führt eine komplizierte Ehe, sie ist eine komplizierte Journalistin, und ich fange an, kompliziert zu denken, wenn ich sie nur sehe. Sogar ihr Mantel führt sich kompliziert auf, nur drei Knöpfe, aber kaum zu öffnen, und der Aufhänger, nicht daß er so schnell einen Haken fände ...

»Wartest du schon lange?« fragte sie.

Sie hatte mich angerufen und gebeten, mich mit ihr zu treffen. Sie wolle in einer gewissen Sache meine Meinung hören.

»Schau dir das an«, sagte sie, legte ein Bild auf den Tisch.

Es war aus einer Zeitschrift oder aus einem Buch ausgeschnitten und in eine Klarsichthülle gelegt. Das Bild, schwarzweiß, zeigte einen jungen Mann, vielleicht fünfundzwanzig, helles Haar, hohe, kräftige Stiefel, breiter Gürtel, weißes Hemd, kurzes Wams. In der rechten Hand hielt er einen Stab, der war fast so groß wie er selbst. Im Hintergrund konnte man undeutlich einige Leute stehen sehen, junge Männer, aber auch Frauen mit Kindern auf den Armen. Der junge Mann mit dem Stab in der Hand lächelte, es war ein selbstbewußtes Strahlen. Es war ein glückliches Strahlen.

»Ich werde nach Litauen fahren«, sagte Jetti mit einem Unterton, der keinen Widerspruch dulden wollte, »unserer und drei deutsche Sender haben fix zugesagt, und ich bin zuversichtlich, daß die Reportage ins Französische und auch sonst noch übersetzt wird.«

»Was ist das?« fragte ich.

»Ich habe das Bild aus einem Buch. Der Mann ist der Totschläger von Kowno, der am 23. Juni 1941 in einer Dreiviertelstunde vielleicht zwanzig Menschen mit dieser Eisenstange erschlagen hat. Jüdische Bürger der Stadt Kowno.«

»Warum sagst du vielleicht?«

»Was meinst du?« sagte Jetti und ihre Wimpern flatterten kurz. »Ich verstehe nicht.«

»Ach, nur weil das Vielleicht zweideutig ist«, sagte ich. »Ist es nicht sicher, daß er das gemacht hat oder ist es nicht sicher, ob es zwanzig waren?«

»Was redest du da?« sagte Jetti und nahm das Bild an sich.

»Um Gottes willen, Jetti«, sagte ich, »was willst du tun? Warum willst du nach Litauen fahren? Was willst du dort rauskriegen? Gibt es da überhaupt noch etwas rauszukriegen? Ich kriege das Gruseln, und das ist kein gutes Gefühl in diesem Zusammenhang, denke ich, Jetti...«

»Ich weiß gar nicht, warum ich mit dir darüber reden wollte«, sagte sie, und ich sah, wie ihr das Wasser in die Augen stieg. Und nun wurde ihre Stimme schartig und spröd: »Jetzt sage ich es dir. So. Jetzt endlich. Jetzt möchte ich es dir einmal sagen...«

»Was willst du mir jetzt endlich sagen, Jetti?«

»Daß ich mir immer kleingemacht vorkomme von dir.« Sie rammte die Plastikfolie mit dem Bild in ihre Tasche und stand auf. »Weißt du, was dieser Mann angerichtet hat? Und du hältst es nicht einmal aus, daß man darüber im Radio berichtet! Und du machst mir ein schlechtes Gewissen, daß ich darüber berichten möchte. Weißt du, was ich wollte? Du weißt es nicht, und machst mich von vornherein schon nieder! Dieser Mann hat sich fotografieren lassen, dieses Foto, das hat er von sich machen lassen, und er hat etwas hinten draufschreiben lassen auf das Foto, ich weiß nicht genau, was er draufschreiben hat lassen. Darüber wollte ich recherchieren, daß ein Mörder sich beim Mord fotografieren läßt und das Bild seinen Freunden als Ansichtskarte schickt. Ich wollte eine Geschichte erzählen. Vielleicht die Geschichte dieser Eisenstange. Ein gleichgültiges Ding, aber eine Reliquie, ich sehe das so. Ich sehe es eben so, Mensch! Warum machst du mich so nieder? Jetzt ist alles Dreck, was ich mir ausgedacht habe! Ich habe es gut gemeint. Ja. Bei Kunst ist gut gemeint das Gegenteil von gut, das weiß ich schon, den Spruch hat jeder auf Lager, ja, aber bei einer Reportage ist es das nicht...«

Und dann lief Jetti Lenobel hinaus aus dem Kaffeehaus, und sie hatte ihren Mantel vergessen, und dann kam sie zurück, um ihren Mantel zu holen, und ich sah, daß ihr

Gesicht von Tränen überschwemmt war, und ich dachte, eine hysterische Kuh bist du, eine verwöhnte, der alles zugeflogen ist ein Leben lang, und ich war einen Augenblick lang zufrieden, daß sie heulte, aber dann sagte ich: »Komm, Jetti, in Jesu Namen, setz dich!«

Sie setzte sich.

»Warum in Jesu Namen?« fragte sie. »Was hat er damit zu tun? Hältst du mich für geschmacklos?«

»Das ist ja gerade das Eigenartige an dir«, sagte ich. »Ich sehe dich an und denke, Mensch, wie geschmackvoll ist diese Dame. Und dann erzählst du mir irgendetwas, und ich denke, Mensch, wie geschmacklos ist die.«

»Aber«, schnappte sie, »es werden doch auch Splitter vom Kreuz des Heilands aufbewahrt und verehrt und in Gold eingefaßt. Ich dachte mir, diese Eisenstange, die ist eine Reliquie ...« Und dann fing sie an zu husten. »Bitte«, sagte sie so leise, daß ich mich über den Tisch zu ihr hin beugen mußte, »ich habe Angst, daß ich eine Aufgabe im Leben habe, aber nicht dahinterkomme, was für eine es ist.«

Grüne Nacht

Medi Winter ist der einzige Mensch, von dem ich weiß, daß er Durchschlafschwierigkeiten hat. Einmal hatte sie gesagt, sie gehe keine Nacht vor ein Uhr ins Bett, dann schlafe sie sofort ein, schlafe eine Viertelstunde und wache auf. Und dann liege sie wach bis fünf. Ob sie über Sachen nachdenke, hatte ich sie gefragt, oder ob sie einfach nur so daliege. Niemand liegt drei Stunden lang einfach nur so da, hatte sie geantwortet. Ich habe sie mir vorgestellt, die Medi Winter, wie sie in einem weißen, weiten Nachthemd mit Rüschen um den Kragen auf dem Rücken ruht, das Gesicht fahl und so alt, wie es bei Tag nie aussehen würde, spitznasig und eingefallen.

Medi kam in letzter Zeit nur noch selten ins Café, und wenn sie kam, dann setzte sie sich hinten an den Ecktisch neben das Klavier. Ihr Mund war braunrot geschminkt und zornig geformt.

»Medi«, sagte ich, »ich bin froh, daß ich dich sehe. Hast du das Gewitter gestern nacht mitgekriegt, um zwei Uhr? Ein Gewitter im Winter! Stimmt es, daß ein Gewitter im Winter Unglück bringt?«

»Ich weiß so etwas nicht«, sagte sie. »Es hat ordentlich gekracht, das habe ich gehört.« Ihre Unterlippe gab weiche Kommentare dazu ab, so als existierte irgendwo ein frecher, fescher Verursacher des Wintergewitters letzte Nacht.

»Und sonst ist dir an dem Gewitter nichts aufgefallen, Medi?«

Es war ihr nichts aufgefallen, nein. Ich nehme an, sie hat das Gewitter bei geschlossenen Fensterläden abgewartet. Meine Frau hat das Gewitter auch bei geschlossenen Läden abgewartet. Ich aber habe zum Fenster hinausgeschaut.

Ich war aufgeschreckt worden durch einen Donnerschlag und, noch zum größten Teil im Schlafland drüben, dachte, unser Heizkessel sei explodiert. Meine Frau war natürlich auch aufgewacht, ich sagte, ich wolle nachsehen, ob etwas passiert sei, und ging in die Küche. Ich zog die Vorhänge zurück und blickte hinaus in den Nachthimmel.

Und da geschah es. Der Himmel hellte giftgrün auf, ein milchiges, das Firmament ausfüllendes Giftgrün. Jeder Mensch hat schon viele Gewitter erlebt, aber ich habe noch nie eines erlebt, dessen Blitze ein Feuer anzünden, das so grün ist wie eine Kerzenflamme, in die man Salzkörner wirft. Grün. Der ganze Himmel grün. Und als das lautlose Licht erlosch, konterten meine Augen mit der Komplementärfarbe, der Himmel flammte noch einmal auf, diesmal in mir, weniger hell, in einem weichen Violett. Dann war alles finster um mich her, und vor Staunen vergaß ich zu zählen, so daß ich, als der Donner einsetzte, nicht sagen konnte, wie weit das Gewitter von uns entfernt war.

Ich lief ins Schlafzimmer und sagte meiner Frau, der Blitz sei grün gewesen, er habe den ganzen Himmel grün werden lassen. Und ich sagte gleich dazu, es könne allerdings sein, daß ich es mir nur eingebildet habe. Und dann lief ich wieder in die Küche zurück und stellte mich ans Fenster und wartete. Ich dachte nämlich, ich hätte es mir tatsächlich nur eingebildet, oder daß meine Augen, weil ich ja noch nicht richtig wach gewesen war, nicht richtig funktioniert hätten.

Und da flammte abermals ein Blitz auf. Und der Himmel war wieder grün. Er war sogar grüner, als ich erwartet hatte. Ich hatte ihn grün mit einem breiten Stich ins Gelbe erwartet. Aber er war grün, so grün, wie manche Zahnpasten grün sind.

Nein, sagte ich mir, ich bilde es mir nicht ein, und ich bekam Angst. Dann der Donner. Der war normal.

Nirgendwo habe ich je gelesen, daß Blitze den Himmel grün färben, nie hat mir jemand so etwas erzählt! Noch nie wurde dieses Phänomen beobachtet! Etwas Neues kündet von etwas Neuem! – Einen dritten Beweis brauche ich, dachte ich, und wußte doch nicht, was eigentlich bewiesen werden sollte.

Ich wartete. Erst wartete ich stehend, die Handflächen an die kalten Fensterscheiben gelegt. Schließlich setzte ich mich. Es war still. Ich dachte, wenigstens der Kühlschrank wird ein Geräusch abgeben. Und da fiel mir erst auf, daß er keines abgab. Es war still.

Ich wußte sehr genau, wann ich zum letztenmal spät in der Nacht in einer Küche gesessen und begonnen hatte, mich in nichts aufzulösen. Ich war zwölf Jahre alt gewesen. Am Abend zuvor hatte meine Mutter die Fenster in der Küche geputzt, es war später Sommer oder schon Herbst. Sie hatte die Doppelfenster aufgeschraubt, um die Scheiben innen zu putzen. Da war eine Fliege nach innen geflogen, und als meine Mutter die Fenster wieder zuschraubte, war die Fliege zwischen den Scheiben, und sie war eingesperrt, und meine Mutter merkte es nicht, und ich sagte nichts. Und mitten in der Nacht wachte ich auf, schlich mich in die Küche und beobachtete die Fliege zwischen den Scheiben. Und es war still. Ich kann mich nicht erinnern, ob wir damals überhaupt einen Eisschrank besaßen.

Aber damals war keine Gewitternacht gewesen, und die Jahrtausendwende war weit, und ich fürchtete mich vor niemandem und nichts.

»Und«, sagte Medi Winter, »hat dein Blitz noch einmal den Himmel grün gemacht in dieser Nacht?«

Was ist nur in sie gefahren, dachte ich, warum schminkt sich diese Frau den Mund rot wie gestocktes Blut und malt ihn in eine schlecht gelaunte Form und knetet die Unterlippe, daß es aussehen muß, als fände sie die ganze Welt nicht so viel wert?

»War Max schon da?« fragte sie.

»Nein«, sagte ich.

Ich erhob mich, klopfte mit dem Knöchel auf die Tischplatte – weiß nicht, was das bedeuten sollte –, ging durch das Café und setzte mich an den Tisch, der am weitesten von Medi Winter entfernt stand. Ich war nicht gekränkt, aber ich wollte, daß Medi dachte, ich sei es.

Wenig Schlaf

Waltraud Veronik hält Vorträge. Sie spricht in Volkshochschulen und vor einschlägigen Vereinen, sie spricht über ozeanische Märchenmotive oder heilende Steine, über die Sprache der Tiere oder die Tänze der Schamanen, über Orientalisches referiert sie nicht weniger lässig und kompetent als über Altisländisches. Sie hat ein Buch über Runen geschrieben und eines über gewisse Stellen am menschlichen Körper. Im Gymnasium haben wir Spitzmaus zu ihr gesagt. Sie ist klein und dunkel, ihre Augen liegen nahe beieinander, das kann sie inzwischen prima mit Schminke und Lidschatten korrigieren.

Wir haben Spitzmaus zu ihr gesagt und meinten damit, sie sei naiv und sehe weniger klug aus, als sie tatsächlich war. Sie glaubte einem alles. Es war schön, sie in Erstaunen zu versetzen. Ich habe nie jemanden kennengelernt, der beeindruckender staunen konnte als Waltraud Veronik.

Wir sagten zum Beispiel: »Stell dir vor, Waltraud, heute fällt Latein aus. Professor Brüstle hat sich nämlich mit dem Kabel des schuleigenen Staubsaugers in der Bibliothek erhängt.«

Da wurde ihr Mund rund, und sie fragte: »Wie hat er das gemacht? Hat er den Staubsauger an der Schnur drangelassen oder hat er ihn abgeschnitten?«

Und als wir uns vor Lachen ausschütteten, dachte sie, wir lachten über die Vorstellung, daß sich ein Mann einen Staubsauger wie ein Amulett vor die Brust hängt, nur um sich mit dem Kabel zu erhängen; derweil wir ja über sie lachten, weil sie uns wieder einmal auf den Leim gegangen war.

Waltraud Veronik hat nach der Matura Archäologie studiert, und während wir anderen immer älter wurden, wurde sie immer jünger, und als wir ehemaligen Schüler und Schülerinnen uns nach fünfundzwanzig Jahren im Saal eines Dreisternehotels trafen, um uns anzusehen und dabei nicht viel zu sagen, da war sie eine Rose in schwarzer Seide, die uns den ganzen Abend unterhielt, Pointiertes über heilende Steine von sich gab, Querverbindungen zu ozeanischen Märchen zog, Tierstimmen nachahmte und zuletzt einen persischen Tanz vorführte. Sprachlos waren wir. Niemand sagte mehr Spitzmaus. Niemand dachte mehr Spitzmaus.

Monate nach diesem Klassentreffen begegneten wir uns zufällig in der Innenstadt. Ich trat in einen Buchladen in der Kärntnerstraße, da sah ich sie vor dem Regal stehen, in dem die handlichen Büchlein des Manesse Verlags aufgereiht waren.

»Mach die Augen zu«, sagte ich, »und greif hinein, Manesse enttäuscht nie.«

Wir gingen durch die Hitze über den Naschmarkt, tranken in meinem Kaffeehaus ein Bier.

»Was machst du in der Hauptstadt?« fragte ich sie.

Sie lebte in Vorarlberg in einer Villa am Hügel. Ihr Mann war Arzt, hatte sich auf Homöopathie spezialisiert, galt als zuverlässige Koryphäe. Nie vorher hatte ich die Worte *zuverlässig* und *Koryphäe* im Bündnis angetroffen – Waltrauds Mann hatte das geschafft. Alle sagten: »Er ist eine zuverlässige Koryphäe.«

»Ich kann am Land nicht mehr schlafen«, sagte sie.

»Und dann kommst du in die Stadt?«

»Ich verbinde das mit Arbeit. Ich halte Vorträge. An Volkshochschulen oder vor einschlägigen Vereinen. Manchmal spreche ich zweimal am Tag. Dann nehme ich mir ein schlechtes Hotel am Gürtel, wo es laut ist. Und dort kann ich schlafen.«

»Was ist geschehen?« fragte ich.

Ihre Wangen waren schmaler geworden, die Backenknochen traten zart hervor. Sie sah aus, wie sich die hübschen Mädchen aus unserer Klasse gewünscht hatten, daß sie eines Tages aussähen. Aber die anderen sahen nicht so aus, nur Waltraud Veronik, die Spitzmaus, sie sah aus wie ein Mischtraum aus Marlene Dietrich und Cher.

»Alle Viertelstunde schlägt zu Hause die Kirchturm- uhr«, sagte sie. »Dazwischen ist es still, so still wie in der Hölle. Während die Uhr schlägt, fürchte ich mich vor der folgenden Stille, während der Stille fürchte ich mich vor den Schlägen der Kirchturmuhr. Ich liege auf der Seite, an das eine Ohr presse ich das Kopfkissen, in das andere Ohr stopfe ich Ohropax. Das Kopfkissen nützt nicht viel, aber in beide Ohren will ich mir das Wachs nicht stecken, weil ich sonst meine, ich ersticke.«

Das erzählte sie mir, es ist vielleicht ein Jahr her, vielleicht eineinhalb Jahre.

Ich wollte ein Scherzchen machen und fragte: »In welches Ohr stopfst du das Ohropax?«

Da spitzte sie den Mund und sagte: »Das ist wichtig, oder?«

Ich machte ein vielsagendes Gesicht, wie ich es immer mache, wenn ich nichts mehr zu sagen weiß.

Sie nickte. Lange nickte sie. So lange nickte sie, bis ich sie am Arm berührte.

»Was ist denn?« fragte ich.

»Ich habe dich verstanden«, sagte sie.

Darauf antwortete ich nicht. Ich wollte nicht weniger klug sein, als ich wirkte.

Und als ich nun letzten Mittwoch in mein Kaffeehaus kam, saß sie an meinem Tisch, von dem sie nicht wissen konnte, daß es mein Tisch war, und den ich ja auch nur meinen Tisch nenne, weil ich immer dort sitze.

»Ich habe mich scheiden lassen«, sagte sie, und daß ich es gewesen sei, der sie auf den Gedanken gebracht habe, mit ihrer Ehe stimme etwas nicht. »Es ist so«, sagte sie, »es war so: Ich lag auf der rechten Seite, Erwin auf der linken. Tatsächlich habe ich das Ohropax immer in das linke Ohr gestopft, niemals in das rechte. Hätte ich es in das rechte gestopft, hätte ich mich mit dem Gesicht zu Erwin legen müssen, um mein linkes Ohr ins Kopfkissen zu pressen. Aber so habe ich es nie gemacht. Lange konnte ich dieses Zeichen meines Körpers nicht lesen. Du hast mir den Schlüssel dazu gegeben.« Und dann fragte sie mich: »Was machst du hier?«

»Ich warte auf jemanden«, sagte ich, und das stimmte ja auch.

Bevor Max kam, hatte ich eine gute Stunde ein schlechtes Gewissen. Du bist schuld, sagte ich zu mir, daß diese Ehe auseinandergebrochen ist.

Auf Bücher schießen und andere Kleinigkeiten

Ich hatte ein bemerkenswertes Gespräch mit Herrn Pietzsch, das mir in etwas schief unscharfer Erinnerung ist, weil ich vorher ziemlich hastig zwei Biere getrunken hatte. Ich war nämlich – um es zu erklären – eingetaucht in den Zauberberg von Thomas Mann und erlebte alles, was Hans Castorp erlebte, und der trank zu seinem zweiten Frühstück Bier, und es ist schwer, über Hans Castorps Porterfrühstück zu lesen, ohne in Bierlust zu geraten, und ich trank mit ihm, da war es Abend in meinem Kaffeehaus, und so habe ich zu zwei Seiten Lektüre zwei Biere getrunken, und ich bin ein schneller Leser.

Herr Pietzsch machte mich durch gezieltes Husten auf sich aufmerksam. Ich grüßte ihn mit zwei Fingern, was ich ohne diese raschen Biere nie getan hätte.

»Ach«, sagte er und zog seine Brauen so steil nach oben, daß es aussah, als rissen sie gleich.

»Warum ach, Herr Pietzsch«, fragte ich und meine Stimme kam mir lümmelhaft vor, und um diesen Eindruck zu korrigieren, wiederholte ich: »Warum ach, Herr Pietzsch?« und meine Stimme klang nicht anders.

»Ich denke über andere Dinge nach«, antwortete er.

Aber es konnte keine Antwort gewesen sein. Oder hatte ich, als ich mich unbeobachtet glaubte, laut mit mir selbst gesprochen und das womöglich in fragendem Ton?

»Ich sehe mich um«, sprach Herr Pietzsch über zwei Tische hinweg zu mir, »ich sehe mich in der Welt um, und wissen Sie, was ich herausgefunden habe?«

Da stand ich von meinem Tisch auf, nahm mein Glas, eine Hand hielt ich darüber, damit ich nichts verschwappte, und machte sieben bedachte Schritte zu ihm hinüber.

»Was haben Sie herausgefunden, Herr Pietzsch?«

»Ja«, sagte er, »setzen Sie sich. Daß die Welt von Nachahmungssucht auf der einen und Originalitätssucht auf der anderen Seite beherrscht wird. Das habe ich herausgefunden. Es sind die beiden Enden, zwischen die die Mittelmäßigkeit gespannt ist. Nein, gespannt ist sie nicht. Sie hängt dazwischen wie eine morsche Wäscheleine ... Können Sie damit etwas anfangen?«

»Kann ich schon«, sagte ich.

Dann glaubte ich zu hören, wie Herr Pietzsch folgendes vor sich hin murmelte: »Zu wenig Existenz! Keine Welt! Zu wenig Existenz, keine Welt ...«

»Habe ich Sie richtig verstanden?« fragte ich, mit Timbre in der Stimme, der Sache also durchaus angemessen. »Nachdem die Welt doch immer alles ist, was uns umgibt, kann es doch logischerweise nie zu wenig Welt geben! Und nachdem wir nichts anderes tun als existieren, kann es doch nie und nimmer zu wenig Existenz geben. Logischerweise!«

Und es packte mich ein pubertärer Gusto auf Philosophie, und immer schon hatte ich einen Stachel gespürt, Herrn Pietzsch Dinge zu fragen, die sich, wie ich glaubte, keiner zu fragen traute. »Träumen Sie manchmal, Herr Pietzsch?« Ich war stolz auf diese Art von Übergangslosigkeit.

Er sah mich mit seinen alten, hellblauen Augen an, seine Lippen, blaß wie sein Hals, pufften Luft aus. »Tagträume oder Nachtträume?« fragte er rauh wie der Kartengeber bei einem Pokerspiel.

Herr Pietzsch schüchtert mich ein, das ist die Wahrheit.

Ich sagte: »Nachtträume, Herr Pietzsch.«

Er dachte lange nach, ließ mich dabei nicht aus seinem Blick. Zwinkert dieser Mann denn nie?

»Einmal träumte ich, ich sei ein Buch und stehe im Regal neben Heimito von Doderers *Strudelhofstiege*, und da kam einer, und der eröffnete das Feuer auf die Bibliothek ...«

»Wie bitte?« Noch war ich nicht aus des Herrn Pietzschs Blick entlassen. Aber den Verstand hatte ich noch nicht an ihn verloren.

»Ich sagte, jemand schoß auf die Bibliothek.«

»Und warum?«

»Fragen Sie ihn!«

»Einen aus Ihrem Traum soll ich fragen?«

»Dann lassen Sie es bleiben.«

»Mit einer Pistole schoß er?«

»Mit einem Maschinengewehr. Ich träume selten, aber wenn, dann richtig.«

»Und Sie? Im Traum? Als Buch? Was haben Sie gemacht?«

»Ich? Ich klappte meine Seiten auf«, – da schien mir, als würde Herrn Pietzschs Blick weicher – »nein«, seufzte er, »nein, das trifft es nicht, das trifft es ganz und gar nicht, nein. Ich schwang meine Seiten auf, wie ein großer, weißer Vogel seine Fittiche aufschwingt. Der Albatros des Herrn Baudelaire. Nie und nimmer hätte ich so ein Leben führen dürfen, wie ich es geführt habe. Ich sehe Ihnen an, daß Sie betrunken sind, darum wage ich es, so mit Ihnen zu sprechen. Sollten Sie mich je an meine Worte erinnern, dann werde ich es abstreiten, in dieser Art mit Ihnen geredet zu haben. Ich hatte eine Frau, die ich liebte, und ich liebte sie, weil sie so schön war. Sie war auch klug, sie war gütig, sie war fröhlich, geduldig war sie, rasend schnell konnte sie kombinieren. Aber geliebt habe ich sie, weil sie schön war. Dann ist sie gestorben. Weder konnte ich sie halten, noch habe ich es versucht. Ich hatte einen Beruf, der mir viel Achtung einbrachte. Wer verneigte sich zu meiner aktiven Zeit nicht vor einem Chemiker! Man erwartete Antworten von einem Chemiker. Letztendlich erwartete man ein Elixier, das ewiges Leben macht. Den Tod hatte man gehabt. Jetzt, nach dem Krieg, wollte man das Leben. Und ein Leben, das nicht ewig dauert, ist wie ein Fetzen auf einer Leine. Ich, ich hatte mir seit meinem achtzehnten Lebensjahr angewöhnt zu glauben, das Leben sei nicht mehr als ein Fetzen auf einer Leine, ein Leben hängt da neben dem anderen. Ich, ich wünschte mir einen glorreichen Tod. Ich, der Erfinder des Ewigkeitselixiers, gestorben an einer Überdosis desselben – ungefähr so stellte ich mir meinen Tod vor. Und ich lebe immer noch und traue mich nichts dagegen zu unternehmen ...

Aber ich wollte Ihnen ja von meinem Traum erzählen. Ich breitete also meine Blätter aus und stellte mich schützend vor Heimito von Doderers *Strudelhofstiege*. Und ich, der ich ein Buch war, voll Leben, so um die fünfhundert Seiten, schätze ich, reine erzählte Existenz, ich wurde erschossen. Für ein Buch ein durchaus glorreicher Tod, finden Sie nicht auch?

So. Basta. Damit war der Traum zu Ende. Logischerweise.«

Caligula kehrt zurück

Was war denn eigentlich los? Was hatte sich verändert? Hatte sich überhaupt etwas verändert? Oder empfand ich es nur so? Wo waren die Freunde geblieben? Über Nacht hatte der Winter wieder eingesetzt, hatte die lindrosa Frühlingshoffnung vom abendlichen Westhimmel geholt. Der Wind blies Schneeflocken waagerecht zu den Stromdrähten, die Lippen trockneten und sprangen auf, die Tauben plusterten ihr Gefieder. Gefrorene Apfelputzen am Naschmarkt zersprangen unter den Sohlen wie Wäscheklammern aus Plastik. Und ich? Ich ging geduckt, setzte mich ins Kaffeehaus, allein. Wo waren die anderen? Bei Kälte im Kaffeehaus zu sitzen ist doch gut. Wo waren sie?

Ich trank einen hellen Schnaps und machte mich wieder davon. Dann eben nicht, dachte ich. Ich fühlte Trotz in mir, der formte mein Gesicht. Kälte und Trotz gleichen einander, wenn sie sich in den Gesichtern der Menschen treffen. Ich war zufrieden, denn ich durfte einen Ausgeschlossenen spielen, und ich selbst war mein Publikum.

Und da sah ich Caligula auf der anderen Straßenseite hinter einem kugelförmigen spielenden Hund herwanken.

»Richard«, rief ich. »Richard!«

Er hüpfte zwei seiner zarten Schritte, Schrittchen, wie sie nur ganz dicke Menschen zustande bringen, zuckte mit dem Kopf und warf mir von der Seite einen schnellen Blick zu, keinen freundlichen Blick.

Ich überquerte die Straße. »Man sieht dich nicht mehr, Richard«, sagte ich. »Warum sieht man dich nicht mehr?«

»Warum bin ich auf einmal der Richard für euch?« schimpfte er vor sich hin, als würden wir schon eine lange Strecke Weges nebeneinanderhergehen, im wörtlichen wie im übertragenen Sinn. »Es hat mir nie etwas ausgemacht, daß ihr Caligula zu mir sagt«, fuhr er in seinem greinenden Ton fort. »Ich konnte zwar nie herausbekommen, warum es gerade dieser verrückte Kaiser war, den ihr für meinen Spitznamen ausgewählt habt ...«

»Du selbst hast dir doch diesen Spitznamen ausgesucht«, sagte ich.

»... aber es hat mir gefallen. Leute, die nie einen Spitznamen hatten, sind nicht liebenswert, und wer seinen Spitznamen verliert, sollte sich Gedanken machen. Und auf einmal sagt ihr Richard zu mir.«

»Und seither kommst du nicht mehr am Mittwoch ins Café?«

»Ich bin geschieden worden von einer Frau, die mich von Anfang an ununterbrochen betrogen hat, schuldig geschieden. Dann habe ich mir mit viel Reflexion eine homosexuelle Beziehung aufgebaut, die mir gefallen hat, die auch meinem Freund gefallen hat. Er sagte, so ein dikker Körper wie der meine sei wie ein tropisches Gebirge. Ein tropisches Gebirge – nie hat mir jemand ein prächtigeres Kompliment gemacht. Das ist nun auch kaputt, ich weiß nicht, warum. Den Menschen aus unseren Breiten gehen die Tropen bald auf die Nerven, nehme ich an. Und nun habe ich einen Hund. Den da.«

Caligula riß an der Leine, die sich gute fünf, sechs Meter aus einem kantigen Plastikgriff ziehen ließ. Der Hund zog, ein breitbeiniger, niedriger, kurzfelliger Hund, panisch schien er von uns weglaufen zu wollen.

»Er ist ein Geschenk«, sagte Caligula.

Wir tappten hinter dem Tier her, mit den Gesichtern geradewegs in die eisigen Spitzen der Schneekristalle hinein.

»Der Grund, warum ich nicht mehr ins Kaffeehaus komme, ist die Arbeit«, sagte Caligula. »Ich habe vier neue Leute einstellen müssen. Ich gehöre zu den gefragtesten Designern der Stadt inzwischen. Frage mich nicht, warum. Mein Elend wächst und mit ihm die Auftragslage. Zur Zeit entwerfe ich eine Tube. Da denkt man, eine Tube sei etwas an sich, ausgereift, ans Ende gekommen. Stimmt nicht! Vor drei Wochen oder vier Wochen wollte ich ins Café gehen, und ich war schon ganz nahe, hatte schon meinen Mantel aufgeknöpft, da hörte ich eine Frau kreischen, und ich dachte, es ist ihr die Einkaufstasche geplatzt und die Grapefruits rollen in breiter Front auf die Fahrbahn, und ich wollte ihr helfen, obwohl ich ja weiß, daß ich immer draufzahle, wenn ich jemandem helfe, weil ich selbst das hilfloseste aller Geschöpfe bin, und da sah ich die Frau und sah den Hund und sah, wie die beiden in einer Ecke der Gumpendorferstraße standen. Die Frau hatte Fingernägel wie Dornen im Märchen, das fiel mir als erstes auf. Und was tat sie? Sie drückte und knetete am Hinterleib des Hundes herum, bohrte ihre Knöchel in seine weichen Lenden und schrie ihn dabei an, er solle um des Himmelvaters willen endlich scheißen.

Ich sagte zu der Frau, das geht so nicht. Bemühte mich, alles Schulmeisterliche aus meiner Stimme zu nehmen. Es war Mitleid mit der Kreatur, nicht Besserwisserei.

Wenn man den Körper zwingt, etwas herzugeben, sagte ich, dann behält er es grad extra. Der Körper sei ein elend stures Ding, sagte ich.

Diese ungehobelte Dornenkönigin schaute mich daraufhin groß an, Magenfalten von den Nasenflügeln bis zum Kinn, schaute meinen unsäglichen, hundertneunzig Kilo schweren Bauch an, mein tropisches Gebirge, und höhnte: An Ihnen wird wohl auch herumgedrückt, ha?

Und da habe ich den Entschluß gefaßt, mich mit ihrem Hund zu verbünden und sie zu zerfleischen.

Ich sagte und habe natürlich die Konsequenzen nicht bedacht: Schenken Sie mir den Hund, den Sie so hassen.

Und sie hat es prompt getan.«

Inzwischen waren Caligula und ich beim Apollokino angelangt. Der Wind blies mir Schneeflocken hinter die Brillengläser, die klebten an meinen Wimpern. Wie Polarforscher waren wir beide, einsame Wintermänner, die alle ihre Hunde verloren hatten bis auf einen.

»Kehren wir um, Richard«, rief ich in den Wind hinein. »Setzen wir uns ins Café, trinken wir heiße Schokolade, essen wir jeder ein Paar Frankfurter!«

»Gut«, sagte er.

Wir zogen den Hund zurück in die Zivilisation. Dort saßen wir dann, melancholisch und zufrieden, und überlegten uns einen Namen für den Hund, und sprachen über nichts Höheres und nichts Niedrigeres, bevor Max kam.

Herrn Alfreds Ziehsohn

»Haben Sie je in unserem Café gefrühstückt?« fragte Herr Alfred, stellte den Teller mit den Frankfurtern vor mir auf den Tisch und den Kaffee und das Mineralwasser wie zwei ungleiche Ohren darüber.

»Nein«, sagte ich, »ich weiß, daß Sie, Herr Alfred, nie Frühdienst machen.«

Es hätte kein Kompliment sein sollen, sondern ein Zeitfüllerspaß. Herr Alfred aber bestellte bei sich selbst einen kleinen Braunen und setzte sich zu mir. Wir redeten über dies und das und kamen schließlich auf sein Image zu sprechen.

»Was für ein Image habe ich denn?« fragte er.

»Wenn einer etwas nicht weiß, dann sagt man zu ihm: Frag den Herrn Alfred«, gab ich zur Antwort.

Er blickte mich schmunzelnd an, und ich war mir nicht sicher, ob er durchschaute, daß ich das alles im Augenblick erfunden hatte.

»Man hält mich also für gebildet?« fragte er.

»Sowieso«, schwindelte ich.

»Für einen Wissenschaftler wie Herrn Pietzsch?«

»So ähnlich in der Art«, log ich.

»Mit meinem Ziehsohn«, stelzte er, »unterhielt ich einst eine wissenschaftliche Freundschaft, in der Tat. Ich will Ihnen erklären, was ich darunter verstehe. Seine Mutter und ich haben uns zusammengetan, da war er sechs. Das war vor über zwanzig Jahren. Ein kastanienbraun gelockter Bub war er, der in einer Ernsthaftigkeit die Stirn

runzeln konnte, wie ich es bis heute nicht zustande-
bringe. Seine Mutter hat mich nach vier Jahren zum
Teufel geschickt mit dem Argument, ich sei ihr zu ober-
flächlich. Sie sei, sagte sie, auf mein schönes Gesicht her-
eingefallen. Immerhin sei ich der gepflegteste Mann, den
sie je gekannt habe.

Aber reden wir von der Zeit davor, die so unnütz war
wie meine Zeit heute, nur sinnvoller war sie. Und das
habe ich meinem Ziehsohn zu verdanken.

Als Kind war er naturgemäß ungebildet, aber er war
der Typ des Erfolgreichen, der Typ desjenigen, der recht
hat. Ich dagegen war gebildet, ich habe eine Menge studiert, nichts bis ans fruchtbare Ende freilich, das nicht,
aber manches ein Stück weit, ja, ich bin ein Fanatiker der
Oberfläche. Ich war und bin der Typ des Erfolglosen, der
Typ desjenigen, der unrecht hat. Dafür war ich rechthaberisch. Heute bin ich das nicht mehr. Ich habe einen
Gesichtsausdruck herausgefunden, der es mir ermöglicht,
einem anderen recht zu geben und dabei doch besser auszusehen als er.

Nun, mein Ziehsohn hatte von allem, was ihn umgab,
eine falsche Meinung. Er behauptete zum Beispiel, der
Fünfer werde anders herum geschrieben, als ich ihn mit
Sahne auf seine Geburtstagstorte gespritzt hatte, und als
ich ihm die Zeitung hinknallte und brüllend meinen Daumen auf die Seite fünf hämmerte, schnurrte er ungerührt,
die Zeitung irre sich ebenfalls.

Dann kam er in die Schule, und als sie die Zahlen lern-
ten, behauptete er, die Null könne es nicht geben, denn
etwas, das nicht ist, das kann auch nicht sein. Und ich
brüllte abermals.

Ich vermittle Ihnen ein falsches Bild unserer Beziehung, ich merke es. In Wahrheit habe ich nur wenig lie-

ber getan in meinem Leben, als gemeinsam mit meinem Ziehsohn die Nachmittage um die Ecke zu bringen. Ich hatte damals eine kleine Wohnung, die aus zwei winzigen Zimmern und einem noch winzigeren Balkon bestand. Wir saßen auf dem Balkon und tranken Kakao und unterhielten uns.

Was macht den Kakao braun? Zum Beispiel. Ist Kakao überhaupt braun? Zum Beispiel.

Wir redeten den ganzen Tag, das Weltall interessierte uns. Ist es schwarz?

Manchmal schwänzte er die Schule, sagte, er lerne bei mir in einer Stunde mehr als in zehn Tagen Unterricht. Was mir schmeichelte.

Ein legendärer Streit zwischen uns war folgender: Er behauptete, daß zwei Rechtecke, die denselben Umfang haben, auch dieselbe Fläche haben müssen. Ich habe so gebrüllt, daß Nachbarn die Polizei holten, und ich alle Mühe aufbringen mußte, den Beamten klarzumachen, daß ich kein Kinderquäler sei, sondern lediglich einige Tatsachen verteidige, die ohne Zweifel zum Weltkulturerbe gehören − wie die Berechnung von Umfang und Fläche eines Rechtecks. Meine Sache wurde dadurch erschwert, daß einer der beiden Beamten der Meinung meines Ziehsohnes war. Und da brüllte ich wieder, und der andere Beamte sagte, ich brülle zu Recht.

Und dann kam es zur großen wissenschaftlichen Schlacht, in der wir beide, mein Ziehsohn und ich, Seite an Seite kämpften.

Er, damals sieben, stand eines Abends vor dem Spiegel im Schlafzimmer seiner Mutter und fragte: Warum vertauscht der Spiegel links und rechts und nicht oben und unten?

Es war im Fasching, seine Mutter und ich waren zu einem Ball eingeladen, wir waren schön, sie ging als etwas geringeltes Japanisches, ich als etwas finster Mafioses, und er, der Kleine, war im Pyjama.

Erklärs ihm, sagte seine Mutter zu mir.

Ich konnte es ihm nicht erklären.

Dreimal an diesem Abend rief ich vom Ballsaal aus zu Hause an, weil ich eine neue Theorie hatte, die ich ihm mitteilen wollte. Ich solle den Buben endlich schlafen lassen, sagte seine Mutter zu mir, ich verderbe ihm die Nacht und uns verderbe ich den Ball. Aber ich wußte, er schläft nicht. Ich wußte, er steht vor dem Spiegel und findet keine Ruhe, ehe er nicht eine befriedigende Erklärung dafür hat, warum ein Spiegel zwar rechts und links, aber nicht oben und unten vertauscht.

Als seine Mutter und ich uns dann trennten, er war zehn, fragte ich sie, ob ich ihn mitnehmen dürfe. Und sie sagte, ich sei plemplem. Und nur mein barmherziges Wesen verbot mir zu sagen, sie solle ihn doch fragen, bei wem er lieber bleiben wolle, bei mir oder bei ihr.

Heute ist er Physiker, und ich bin Kellner.«

Bevor Max kam, zeigte er mir von der Kassa aus den aufgestellten Daumen und machte dabei ein Gesicht, das ihn raffiniert aussehen ließ – wir zwei Verbündete in welcher Sache auch immer.

Das gute und das böse Haus

»Als ich ein Kind war am Land«, erzählte ich Rita, »da war unser Haus lange Zeit das einzige in der Straße, und die Straße war nur ein grober Weg aus Schotter, der einfach über die Wiese geschüttet worden ist. Und dann – ich denke, ich war sieben oder doch erst sechs – da wurde damit begonnen, in unserer Straße eine Siedlung zu errichten.

Das war eine aufregende Zeit. Im Rückblick scheint es mir, als wären von da an durch meine gesamte Kindheit hindurch die gelben Kräne und Planierraupen um unser Haus herumgestanden. Wenn ich morgens zum Fenster hinausschaute, blickte ich in den Zementqualm, der neben den Mischmaschinen aufstieg. Der Geruch von frisch Gemauertem lag an den Abenden in der Luft. Das war köstlich, ich kam mir beteiligt und sinnvoll vor. Flüche, Gelächter und Ausspuckgeräusche, das war der akustische Hintergrund meiner faulen Vormittage.

Mein Freund, der bis heute noch mein Freund ist, wohnte in dem Haus unterhalb des Bahnhofs, das unten gemauert und oben gezimmert ist. Abends, wenn die Bauarbeiter nach Hause gegangen waren, inspizierten wir die Rohbauten in der neuen Siedlung. Es war Sommer, unsere Eltern kümmerten sich nicht um uns. Entweder schlief ich bei meinem Freund, oder er schlief bei mir. Wenn wir spät in der Nacht nach Hause kamen, schnitten wir uns eine Scheibe Schwarzbrot ab und legten uns mit unseren zementstaubigen Füßen ins Bett. Oder wir ließen die Schwarzbrotscheibe weg, manchmal aßen wir tagelang nichts, und dann aßen wir wieder den ganzen Tag. Wir durchstreiften die unfertigen Häuser, überlegten, was zu machen wäre und hatten so unsere Ideen.

Da gab es zwei Häuser, die waren nach außen hin gleich, und der Bau war auch ungefähr gleich weit vorangeschritten. Die geziegelten Hauswände standen bereits, die nackten Seitenwände ragten in den Nachthimmel, der sternenübersät war, ja, bei den Sternen kannte ich mich aus. Die Häuser waren ohne Dächer, wir konnten hinaus ins Weltall schauen, und außer für Rohbauten interessierten sich mein Freund Reinhold und ich für nichts mehr als für das sommerlich blanke Weltall.

Diese beiden Häuser also, sie waren gleich, aber sie hatten Besitzer, die unterschiedlicher nicht hätten sein können. Der eine war ein Mann mit nur einer Hand, links trug er eine Prothese, über die hatte er einen schwarzen, fingerlosen Lederhandschuh gezogen. Es sei eine Kriegsverletzung, sagte mein Vater. Und dieser Einhändige, der vor lauter freundlich Lachen einen breiten Mund hatte, der war unser Freund, der brachte Limonade mit, wenn er kam, um sein Haus zu kontrollieren, und die Limonade brachte er nur für uns mit, er selbst nahm nicht einen Schluck. Dazu muß gesagt werden, daß wir nicht gewohnt waren, Limonade zu trinken, bei uns zu Hause gab es roten Himbeersaft, der uns im Vergleich zu der hellgelben Limonade lächerlich vorkam.

Der Besitzer des anderen Hauses schimpfte nur. Mit allen schimpfte er. Er schimpfte mit den Arbeitern, er schimpfte mit uns, und er schimpfte mit seiner Frau, die ihren kleinen Kopf unter einen Haarzopf gezwungen hatte und immer schwarze Kleider trug und entzündete Augen hatte. Dieser Mann hatte eine Art, mit dem Fuß gegen Sachen zu treten, das konnte einem die ganze Schöpfung verleiden. Der war mit nichts auf der Welt und mit nichts über der Welt zufrieden. Meistens trug er ein hellblaues Unterhemd, wenn er auf der Baustelle auftauchte, ein Unterhemd und eine schwarze, gute Hose. Er arbeitete bei einer Bank, das interessierte uns nicht im geringsten.

Reinhold und ich beschlossen, den Einhändigen zu belohnen und den Schimpfer zu bestrafen. Das Belohnen ging schneller und machte nicht so viel Freude. Im Haus des Einhändigen stellten wir die Maltatröge sauber neben die Schaufeln und die anderen Geräte, kehrten den frisch betonierten Kellerboden, schütteten den Kehricht in Papiertüten und begaben uns mit den Tüten zum Haus des Schimpfers. Dort verteilten wir den Dreck im gerade eingesetzten Stiegenhaus. Wir schnitten die Zementsäcke auf, warfen Steine und Glassplitter auf die noch weichen Betonböden. An regnerischen Wochenenden rissen wir die Planen von den Mauerkronen. Und dann, am folgenden Tag, stellten wir uns vor dem bösen Haus auf und warteten auf den Schimpfer, die Hände hatten wir in den Taschen.

Einmal fragte er uns, ob wir uns einen Schilling verdienen wollten. Wir sollten über das Wochenende ein Auge offenhalten und ihm dann melden, wer diese Sauereien anstellte. Am Montag erzählten wir ihm, ein Auto mit einer Schweizer Nummer habe in der Nacht vor seinem Haus gehalten und zwei Schweizer seien ausgestiegen, die hätten schweizerisch geredet, und die hätten im Haus einen Lärm gemacht. Unsere Gegend lag fünf Fußminuten von der Schweizer Grenze entfernt, und die Schweizer mochte man nicht, die durften für alles herhalten.

Der Schimpfer glaubte uns nicht, und seinen Schilling behielt er. Daraufhin haben wir uns besonders angestrengt und eine lange Nachtschicht eingelegt und eine Verwüstung angerichtet, die dann wohl auch den Arbeitern zuviel war. Als ich am nächsten Morgen zum Küchenfenster hinausschaute, sah ich ein Polizeiauto vor dem Haus des Schimpfers stehen.

Ich schlich mich über die Gärten und durch den Mostbirnenhain hinauf zum Bahndamm und zu Reinhold, und wir hatten Angst und duckten uns zwischen den Lastwagen hindurch zum Haus des Einhändigen und legten einen frommen Ton in unsere Stimme und fragten die Arbeiter, ob wir irgendwie behilflich sein könnten, wir wollten nämlich auch Maurer werden, wenn wir groß seien. Die waren gerade dabei, den Dachstuhl aufzusetzen. Krumme Nägel sollen wir einsammeln, sagten sie. Das taten wir und sahen zu, wie allmählich der Himmel über uns zugemacht wurde.«

Mut am Nachmittag

Er sagte: »Wie man heißt, wie man sich Zeit läßt, wie man Gedanken einsetzt und wie man sie sich wieder austreibt – man muß es lernen, und aus einer dünnen Musik heraus, aus einer Erinnerung, die zunichte gemacht wurde durch einen einzigen Anruf, aus einer vertrauten Empfindung heraus springt den Menschen am Ende die Depression an, die Mutlosigkeit und die Frage: Worüber habe ich mich eben noch gefreut?«

Das war ein fremder Mann und der traurigste, den ich je in unserem Café gesehen habe. Der so redete.

»Warten Sie doch ab bis der Frühling kommt«, sagte ich. »Mit mir geht es so: Wenn ich vors Haus trete und merke, Föhn liegt in der Luft, dann wird alles, was mir vertraut ist, mit Sehnsucht aufgeladen, und ich kann nicht sagen, ob es Heimweh oder ob es Fernweh ist. Könnte das nicht auch ein Trost für Sie sein?«

»Nein«, sagte er. »Aber erzählen Sie weiter!«

»Es war an einem Februartag vor zwanzig Jahren«, erzählte ich. »Es war ein Samstag und am späten Nachmittag setzte der Föhn ein. In den Semesterferien war ich zu Hause bei meinen Eltern, mein Vater hatte mich gebeten, in unserem besten Gasthaus einen Ballon mit Mineralwasser zu holen. Nur in unserem besten Gasthaus gab es das stark kohlensäurehaltige Mineralwasser, das er so gern trank. Als ich mit dem Glasballon unter dem Arm durch den Gastgarten ging, wo die kahlen Kastanienbäume standen, da war es noch kalt. Ich hatte eine Cordjacke an, die war innen kariert gefüttert, ich hatte sie vor ein paar Wochen gegen meine löchrige Schweinslederjacke getauscht. Die Lederjacke trug jetzt ein Mathematikstudent aus Hannover, und ich hatte ein schlechtes Gewissen dieser alten Jacke gegenüber, daß sie weit weg von unseren Bergen in einer Nullstadt wie Hannover herumgetragen werden mußte von einem, dem sie gar nichts bedeutete, jedenfalls nicht mehr als eine Jacke. Da wehte mich ein Flügel an, der erste, er streifte mein Gesicht und hob sich über die Hauswand des Gasthauses, und es war ein warmer Hauch von den Schweizer Bergen, und mein Herz hüpfte. Zwanzig Meter weiter, dort wo früher der Schneider Fitz gewohnt hatte, bei dem schmalen Holzhaus, dessen erster Stock breiter war als das Erdgeschoß, dort traf mich der zweite Flügel des Föhns, und der war breiter, und er flog langsamer und erdnäher und schwebte weiter zu den Kastanienstämmen. Und da wußte ich: Die nächsten Stunden würden mir gehören, und ich würde einen Schädel haben wie eingeweicht in die beste Droge.

Als ich die lange Maximilianstraße hinunterging, kam ich mir vor, als würde ich durch die Prärie wandern, und über Hunderte Kilometer hinweg bat ich meine alte, whiskyfarbene Lederjacke um Verzeihung, daß ich sie verraten hatte, der warme Südwind hob mich in die Ferne, und jedes Stück Asphalt, auf das ich trat, rief Heimweh in mir auf, aus Schritten bestand mein Heimweh, und jeder Schritt rief es auf, eine kleine, stramme Armee Heimweh.

Warum hatte ich denn Heimweh, warum um Himmels willen? Ich war ja nicht in der Prärie, ich war doch zu Hause, meine Lederjacke wird Heimweh haben, die ja!

Die Strommasten unten bei den Bahngleisen standen makellos schwarz vor dem makellosen Westhimmel. Der

Asphalt war trocken und hell wie an einem Sommer-abend, und ich ging durch die Prärie.

Solche liederlich kindliche Augenblicklichkeit hatte ich nie wieder erlebt, und jeder Föhn, der später in mein Ge-sicht und mein Herz fuhr, der hat nur gemacht, daß ich mich an diesen späten Nachmittag im Februar erinnerte, als die Berge in der Schweiz schärfer und näher wurden und ungeheuer schwarz wie ausgeschnitten aus Kohlepa-pier und ich mit einem Glasballon voll Mineralwasser auf den Schultern zu den Bahngleisen ging, eine fremde Cordjacke übergezogen, die ich verabscheute.

Ist das eine gute Geschichte? Für mich ist es eine der besten.«

Der traurige Mann, dessen Gesicht ich vergessen habe, der wohl kaum mehr ein Gesicht hatte, er hob die Hände von der Tischplatte und legte sie wieder darauf. »Oh, bitte«, sagte er, »das alles ist schön. Was Sie erzählen, ist schön. Trost ist es nicht.«

»Dann kann ich Ihnen nicht helfen«, sagte ich.

»Was ist aus Ihrer Lederjacke geworden?« fragte er.

»Das weiß ich sogar«, antwortete ich. »Ich wollte sie von dem Mathematikstudenten zurücktauschen, und der war auch einverstanden. Sie sei ihm zu knapp um die Schultern, sagte er, außerdem seien die Löcher in den Är-meln doch größer, als er zuerst gedacht hatte. Ein Pro-blem allerdings gebe es, sagte er, die Jacke habe zur Zeit seine Freundin, das heißt seine ehemalige Freundin. Wenn es mir wichtig sei, dann solle ich doch so gut sein, und selbst die Jacke bei ihr holen, er könne das nicht, sie seien arg zerstritten. Und ich dachte, gut, ja gut, denn ich kannte seine Freundin vom Sehen, und sie hatte mir ge-fallen, ich dachte, ich will mit ihr etwas anfangen, wenn sie mit mir etwas anfangen will.

Sie wohnte in einem alten Fachwerkhaus, und als ich sie besuchen wollte, das war eine Woche nach Ostern. Sie studierte auch Mathematik. Ich weiß nicht warum, immer hatte ich Freunde unter den Mathematikern.

Als ich durch das Stiegenhaus hinaufging, verließ mich der Mut. Er verließ mich, als wäre er aus mir herausgeschossen worden. Ich mußte mich setzen, und ich dachte: Ich werde meine Lederjacke nie wiederbekommen und diese Mathematikerin werde ich auch nicht bekommen, und nie wieder wird mein Schädel so voll sein von der besten Droge. Und dann habe ich alles sein lassen. Pfeif der Hund auf Lederjacken!«

»Danke«, sagte der traurige Mann, stand auf, zahlte meins und seins und ging. – So geschehen in meinem Café in der Gumpendorferstraße.

Muchti und der Birnenstiel

»Wahrscheinlich«, sagte Rita, recht fröhlich übrigens, »werde ich nie wieder einen Mann bekommen. Vielleicht ein paar traurige Nächte noch, mit einem, der so alt ist wie ich und mir nicht gefällt, oder mit einem, der jünger ist und dem ich nicht gefalle. Aber sonst wird sich nichts mehr ergeben.«

Rita hatte zugenommen, sah aus, als hätte sie sich über den Winter ein Wärmepolster unter die Nackenhaut geschoben.

»Aber«, sprach sie weiter, »einen verrückten, interessanten Typen hätte ich noch gern. Wenigstens für ein Jahr.«

»Was ist ein verrückter, interessanter Typ?« fragte ich. Ich war ja so froh, daß Rita da war, daß die Sonne draußen vor dem Café schien, daß sich die warme Luft nicht um den Februar kümmerte.

»So einer wie dein Muchti«, sagte Rita. »Ach, erzähl mir wieder einmal eine Geschichte von Muchti!«

»Du würdest einen Vorbestraften wollen?« fragte ich. Wußte doch, daß sie wollte. »Einen, der die Geduld verliert und Leute in Gefahr bringt?« Ich wußte doch, daß sie so einen wollte.

»Erzähl schon«, sagte sie.

»Einmal fuhr Muchti mit dem Zug nach München. Am Beginn der Reise hatte er eine neutrale Laune. Das versicherte er. Und dann sitzt er in einem offenen Waggon zweiter Klasse, und ihm gegenüber sitzt eine junge Frau, und die ißt eine Birne. So fings an. Dagegen sei ja nichts einzuwenden, daß jemand eine Birne esse, sagte Muchti später. Allerdings habe die Frau die Birne mit einer Langsamkeit gegessen, die ärgerlich war und eigentlich eine Gemeinheit.

Sie machte ihren Mund auf, schilderte Muchti den Vorgang, lange bevor die Birne auch nur in der Nähe des Mundes war. Die Birne klemmte zwischen Daumen und Mittelfinger, und die Hand ruhte auf dem Knie. Aber der Mund war bereits offen, war bereits offen.

Muchti sagte, er habe sich zusammennehmen müssen, um die Frau nicht zu bitten, sie solle entweder den Mund zumachen oder aber endlich in die Birne beißen.

Und dann hat sie langsam, langsam die Hand gehoben, sagte er, langsam, langsam, zehn Zentimeter vor dem Mund wartete sie noch, und dann endlich hat sie die Zähne in die Birnenhaut gedrückt und dann – dann nichts. Nichts! Und gerade als er aufstehen und sie anflehen wollte, anflehen, da biß sie hinein. Aber es war kein Beißen. Es war ein unverschämtes, zeitlupenhaftes Aufeinanderzubewegen der Kiefer.

Er habe sich nicht mehr auf sein Sportheft konzentrieren können, er habe die Frau angestarrt und sei von ihr angestarrt worden.

Ich war mir sicher, sie muß verrückt sein, sagte er und mit feierlicher Betonung faßte er zusammen: Eine gute halbe Stunde benötigte diese Person, um eine kleine Birne zu verzehren!

Nun, die Menschen sind verschieden, und wie lange einer braucht, um eine Birne zu essen, ist immer noch seine Sache. Wurde gesagt. Und das sah Muchti im Prinzip genauso. Aber dann!

Sie behielt den Birnenstiel im Mund, sagte Muchti im

Ton eines Entlastungsbeweises. Sie las in einem Buch, und dabei stand ihr der Birnenstiel aus dem Mundwinkel. Nicht fünf Minuten oder eine halbe Stunde. Nein. Zwei Stunden lang behielt diese Wahnsinnige den Birnenstiel im Mund! Und dabei las sie ein Buch und machte ein Gesicht dazu, als wollte sie sagen: So, das gehört mir, das ist mein, das steht fest, da sitze ich drauf. Um Himmelschristi willen, wie kann ein Mensch auf den Besitz eines Birnenstiels so stolz sein! Das ist eine Sünde! Ich war nicht der einzige, der sie anstarrte, sagte Muchti. Jeder in ihrer Umgebung starrte sie an, jeder. Und es hat sich im Waggon herumgesprochen. Da ist eine, die behandelt einen Birnenstiel wie ein Erbstück. Zuerst kamen die Kinder und stellten sich vor sie hin und glotzten und warteten darauf, daß sich der Birnenstiel von einem Mundwinkel in den anderen verschob. Dann kamen die alten Damen mit den goldenen Broschen unter dem Kinn. Sie hielten Abstand und schüttelten den Kopf. Zuletzt kamen die Männer in den Anzügen. Sie taten so, als ob sie zur Toilette gingen. Aber sie gingen nicht zur Toilette. Sie kamen zurück und taten so, als wäre die Toilette besetzt. Aber die war nicht besetzt. Und ich – ich – ich konnte nicht mehr, ich konnte nichts anderes mehr tun, als diesen selbstsicheren, arroganten, überheblichen, dummen, satanischen Frauenmund, in dem ein Birnenstiel steckte, anschauen. Es war Nötigung, es war psychologischer Zwang! Vietnammethode! Ich bin überzeugt, die Frau hatte einen kriegspsychologischen Lehrgang hinter sich und testete uns.

Soweit Muchti.

Ich kann es vorwegnehmen, Rita: Muchti verlor am Ende der Reise die Geduld. Später auf dem Revier, als er den Beamten die Geschichte erzählte, mußte er selbst zugeben, daß alles, was er vorbrachte, recht merkwürdig klingen mußte.

Nein, sagte er, ich habe mit keinem über die Dame mit dem Birnenstiel gesprochen. Nein, ich habe keine Zeugen.

Zeugen wofür? Für die Qual, die ihm angetan worden war während der dreistündigen Bahnfahrt.

Was war geschehen? Knapp vor München stand Muchti auf, stellte sich in seiner vollen, haarigen Breite vor der Birnenstielfrau auf und sagte: Es reicht!

Was denn? habe die Frau gesagt und den Birnenstiel immer noch nicht aus dem Mund genommen.

Da habe sich Muchti vergessen, völlig vergessen. Das gab er zu. Er habe nach dem Gesicht der Frau gegriffen, wie man nach einer öligen Flügelschraube greift, um sie anzuziehen. Er drückte ihr den Unterkiefer zusammen, bis sie schrie. Mit der anderen Hand fuhr er ihr in den Mund und kratzte mit dem Finger den aufgeweichten Birnenstiel heraus. Der Schaffner und andere Fahrgäste hielten Muchti von hinten fest, und der Schaffner übergab ihn in München der Bahnpolizei. Die Frau zeigte ihn an. Es kam zum Prozeß, und Muchti war vorbestraft.«

Bevor Max kam, erzählte mir Rita, wie sie zum letztenmal mit einem Mann zusammen gewesen war.

Ade, Wernhofer!

Der Reihe nach: Caligula setzte sich an meinen Tisch und sagte nichts.

Ich sagte: »Servus!«

Er sagte nichts. – Gut sah er aus. Hatte abgenommen. Viel hatte er abgenommen. Ich sagte es ihm. Er sagte nichts.

»Hast du ein Gelübde abgelegt, daß du nichts mehr redest?« fragte ich ihn. »Ich sagte, du hast abgenommen!«

Er sagte, er sei bei zehn Kilo. Das heiße, sagte er, er müsse nur noch knapp achtzig Kilo abnehmen, bis er sein Normalgewicht erreicht habe. Er blickte mich mit seinen Murmelaugen an und dann sagte er:

»Wernhofer ist tot.«

»Hat er sich umgebracht?« fragte ich.

»Das fragt jeder zuerst«, sagte Caligula. Dann ließ er eine Pause, wartete, ein gleichgültiger Quizmaster, der mir noch eine Chance gibt, ein Torhüter, zuständig nur für mich, mein Richter; klammerte mich weiter in seinen Idiotenblick, an den man sich nicht gewöhnen kann, schon deshalb nicht, weil jeder weiß, daß Caligula, alias Richard Korn, die Matura mit Auszeichnung bestanden hat.

»Meine Güte«, sagte ich. Man braucht nicht originell zu sein, wenn es um den Tod geht. »Meine Güte.« Und auch variantenreich braucht man nicht zu sein.

»Jeder denkt, er hat sich umgebracht«, sagte Caligula. »Ich dachte es auch, und Rita dachte es, und auch Herr

Alfred dachte es. Herr Alfred hat vorgeschlagen, einen schwarzen Flor um die Lehne eines Stuhles zu binden, damit jeder im Kaffeehaus sieht, daß jemand gestorben ist, und damit die Freunde sehen, daß Wernhofer gestorben ist. Ich habe gesagt, das ist deppenhaft, weil Wernhofer ja gar keinen Stammtisch hier im Café hatte und schon gar keinen Stammstuhl, worauf Herr Alfred sagte, ein Wort wie Stammstuhl gibt es nicht, und ich sagte, es sei trotzdem deppenhaft, einen schwarzen Fetzen an einen Stuhl zu binden. Jetzt ist Herr Alfred böse auf mich, als ob ich an irgend etwas schuld wäre, nicht einmal an meinem Übergewicht bin ich schuld, das sind die Drüsen.«

Mir kam ein Gedanke: Nämlich, ob es sein könnte, daß dieser unförmige Schmerzensmann Caligula noch nie in seinem unförmigen, schmerzensreichen Leben eine Träne vergossen habe. Und rein intellektuell wäre es eine richtige Frage gewesen, aber ich habe sie nicht ausgesprochen, natürlich nicht. Ich war zu träge, um zu fragen, er zu träge, um zu antworten. Und unsere beiden Leben waren andere Themen.

»Wie ist es passiert?«

»Herr Pietzsch hat es mir erzählt«, sagte Caligula. »Es war vorgestern nachmittag, Herr Pietzsch saß hier im Café, das weiß ja von uns niemand, daß er auch an den Nachmittagen im Café sitzt, weil er es seit dem Tod seiner Frau zu Hause nicht aushält. Da hat das Telephon geklingelt, und Herr Pietzsch sagt, er habe gewußt, jetzt werde gleich der Kellner kommen und sagen, ein Anruf sei da für ihn, ob er ihn entgegennehmen wolle. Und so sei es auch geschehen. Und an der Leitung war Wernhofer. Er rief aus einem Skigebiet an. Am Arlberg war er oder in den Ötztaler Alpen. Wernhofer habe den Keller gefragt, ob einer von der Runde da sei, und weil der Kellner am

Nachmittag nicht Herr Alfred sei, sondern ein anderer, und der nicht gewußt habe, wen er mit der Runde meine, habe Wernhofer unsere Namen aufgezählt, am Schluß eben auch Herrn Pietzsch.«

»Meine Güte, Caligula«, sagte ich, »woran ist Wernhofer gestorben?«

»Er war noch nicht aus der Anstalt entlassen«, fuhr Caligula fort. »Wernhofer fühlte sich wohl im Irrenhaus. Sie wollten ihn loshaben, weil er das Irrenhaus nicht nötig habe, wie sie sagten, und alles mit seiner guten Laune blockiere. Manchmal nahm er Urlaub vom Verrücktsein, und dann fuhr er zum Beispiel an den Arlberg oder in die Ötztaler Alpen. Dann rutschte er auf den Skiern über die Hänge und sang dabei die alten Rolling-Stones-Songs. Und Wernhofer konnte gewichtig singen. Und wenn man so über den harschigen Schnee fährt, dann ist das sehr laut, und dagegen kann man nur gewichtig ansingen, und das hat Wernhofer getan. Und da ist es ihm auf einmal schlecht geworden. Er mußte anhalten, und er hat sich übergeben, und er mußte sich in den Schnee setzen. Es war erst Vormittag, und die Saison ist ja vorbei, und es waren fast keine Skifahrer auf der Piste. Dann hat sich der arme, verrückte Mann über den Hang hinunter geschleppt und ins Hotel, und an der Rezeption war auch niemand, im ganzen Hotel war niemand. Er ist in sein Zimmer gegangen und hat sich hingelegt und konnte aber nicht einschlafen und konnte sich nicht beruhigen. Und da hat er angerufen.«

»Hier im Café hat er angerufen?« fragte ich.

»Ja«, sagte Caligula. »Merkwürdig, oder? Man denkt sich, der ruft zu Hause an, also in seinem geliebten Irrenhaus. Hat er aber nicht gemacht. Er hat bei der Auskunft nachgefragt, hat sich die Nummer von unserem Café geben lassen und hat nach uns gefragt. Und hat ausgerechnet Herrn Pietzsch erwischt. Ich denke mir, er hätte am liebsten mit mir gesprochen. Was meinst du?«

»Und was hat Wernhofer Herrn Pietzsch erzählt?«

»Daß er am Mittwoch abends nicht kommen wird. Hat er gesagt. Das sei kein Problem, hat ihm Herr Pietzsch geantwortet. Dieser kalte Zyniker. Also, kurz: Wernhofer ist an einem Herzinfarkt gestorben.«

»Ich finde«, sagte ich und fuchtelte mit den Fingern vor meinen Augen herum, um Caligulas Blick zu zerstreuen, »ich finde, daß du Herrn Pietzsch unrecht tust, wenn du ihn zynisch nennst. Ich finde, der Mann hat ...«

»Wernhofer ist tot«, unterbrach mich Caligula. »Er ist einfach tot, und er wird nie wieder seinen Blödsinn von sich geben.«

Caligula hatte recht. Gegen den Tod ist alles ein Witz.

»Wer wird seine Rolling-Stones-Sammlung erben?« fragte ich.

»Als mir der Pietzsch von dem Anruf erzählt hat«, sagte Caligula, der gleichgültige Richter über Gut und Böse, »da hat er bereits gewußt, daß Wernhofer tot ist, und er hat kaum das Grinsen unterdrücken können.«

Bevor Max kam, saßen wir jeder an einem anderen Tisch, Rita, Herr Pietzsch, Caligula, ich.

Das Bett

»Uh!« rief Herr Alfred und eilte herbei, und ich bemerkte zum erstenmal, daß er im Schnellschritt o-beinig war und die Knie einknickte. Ob die Farbe an meiner Hose noch feucht sei, fragte er und hielt mich an den Ellbogen, damit ich mich nicht setzte. Nein, sagte ich, es sei Dispersionsfarbe, völlig trocken. »Die bröckelt höchstens ab«, sagte ich.

Er ließ mich los und blickte unglücklich. Er wollte sagen, ob ich mir für den Kaffeehausbesuch denn nicht eine saubere Hose hätte anziehen können, sagte aber: »Ich sorge mich wegen dem Überzug auf der Bank. Wenn Sie sich auf den Sessel setzen würden, wär mir schon geholfen.«

Und dann starrte er auf meine Hände. Dispersionsfarbe und Wunden.

»Sie renovieren?« fragte er, zog dabei einen Mund, als spräche er von etwas absolut Drittklassigem.

»Nein«, sagte ich und klatschte in die Hände, daß der weiße Staub aufflog. »Ich habe heute etwas getan, von dem ich nicht weiß, ob es gut oder schlecht ist.«

Er warf einen schnellen Blick ins Café – da saß nur ein krummrückiger Mann hinten unter der Uhr, sein Tischchen war zugedeckt mit Mineralwässern, Topfenkuchen, Teekännchen und Zeitungen.

»Einen Augenblick«, sagte Herr Alfred, »ich komm gleich. Darf es ein großer Schwarzer sein und ein Kognak dazu?«

Sicher hätte ich eine andere Hose anziehen können, sicher hätte ich mir die Hände ordentlich reinigen können. Es war erst früh am Abend, ich wollte nur einen kurzen Besuch im Café machen. Dann wollte ich nach Hause gehen, mich baden und wieder rechtzeitig hier sein, bevor Max kam. Herr Alfred aber sollte mich in Werkskleidung sehen, und er sollte es weitererzählen. Das war meine Absicht.

Er stellte Kaffee und Kognak ab. Sagte: »Es genügt Ihnen scheinbar nicht, mit den Fingerspitzen einen Computer zu kitzeln, Sie haben einen Drang zum Basteln, scheints.«

»Ich habe das Ehebett meiner Eltern zersägt«, sagte ich.

Herr Alfred, ein mäßiger Schauspieler oder aber ein guter Schauspieler, der einen mäßigen Schauspieler mimt, riß die Augen auf und kippte seinen Kognak. »Aber doch nicht jenes Bett, in dem Sie gezeugt wurden!«

»Ich weiß nicht, wo ich gezeugt wurde«, sagte ich, »aber wenn es im Bett war, dann wahrscheinlich in jenem, das ich heute zersägt habe.«

»Was kann daran gut sein«, sagte er, und er sagte es mit einem Doppelpunkt am Schluß, und ich wußte, jetzt war meine Geschichte fällig.

»Das Bett stand schon seit Jahren bei uns im Keller. Es war in seine Einzelteile zerlegt, und auf dem Holz war Schimmel. Zwei Nachtkästchen gehörten dazu, die waren bei uns in der Wohnung gestanden, bis sie die Kinder ruiniert hatten. Auch ein Kleiderschrank war da, der ist uns bei einem der Umzüge zerbrochen, und wir haben seine Teile einfach im LKW liegen lassen. Um all die anderen Dinge tat es mir nicht leid, vor dem Bett aber hatte ich immer Respekt gehabt.

Wissen Sie, Herr Alfred, das Schlafzimmer hatte meine

Mutter mit in die Ehe gebracht, es war Teil ihrer Aussteuer. Sie hatte es gegen Ende des Krieges von der Verlobten ihres Cousins bekommen, zu einem traurig günstigen Preis, wie sie sagte. Ihr Cousin war einen Monat vor der geplanten Hochzeit in englischer Gefangenschaft an Typhus gestorben. Sie habe die Schlafzimmereinrichtung nicht wollen, hatte sie immer gesagt, aber die Verlobte ihres Cousins, die ihre Freundin war, die sei so verzweifelt gewesen und so empfindlich, so empfindlich. Wenn ich die Sachen einem Wildfremden verkaufe, habe sie gesagt, oder wenn ich sie wegwerfe, dann ist das, als ob alles nichts wert gewesen wäre, niemals etwas wert gewesen wäre. So wisse sie wenigstens, daß zwei andere, die sie kenne und die sie möge, in dem Bett glücklich seien.

So sei ihr, sagte meine Mutter, nichts anderes übriggeblieben, als die Sachen zu kaufen. Außerdem sei es eine gute Ware. − Stimmt. Das Bett besteht aus verleimten Fichtenhölzern, mit Kirsche furniert. Stabil und verzieht sich nicht.

Nach dem Krieg, als meine Eltern von Deutschland nach Österreich zogen, schlug mein Vater vor, man solle die groben Stücke draußen lassen, der Transport koste mehr, als wenn man hier etwas Gebrauchtes kaufe. Aber inzwischen war das Bett meiner Mutter bereits heilig. Vielleicht war es ihr heilig, weil sie schwanger war. Sie war schwanger mit meiner Schwester.

Jedenfalls wurde das Schlafzimmer mitgeschleppt. Viermal sind meine Eltern umgezogen, bis sie schließlich nicht mehr mochten und eine Ruh gaben. Und immer wurde das Schlafzimmer mitgebuckelt. Irgendwann war es dann doppelt heilig, da war nämlich auch ich auf der Welt.

Immer wieder erzählte meine Mutter die Geschichte ihrer Schlafzimmereinrichtung, manchmal machte sie eine Farce daraus, manchmal ein Rührstück.

Und dann, als meine Eltern tot waren und wir ihre Wohnung auflösten – was hätte ich tun sollen? Ich hatte gar keine Wahl. Ich packte die Klötze zusammen und schleppte sie mit. Meine Frau und ich und die Kinder, wir sind insgesamt viermal umgezogen, und immer war das Schlafzimmer meiner Eltern mit dabei, und immer verstopfte es unsere Keller.

So, Herr Alfred, und jetzt sehen Sie mich an! Hose und Hände voll Dispersionsfarbe, voll Risse und Wunden. Was habe ich getan? Ich habe fünfzehn Jahre nach ihrem Tod das Ehebett meiner Eltern zersägt. Aber nicht um es handlicher wegwerfen zu können habe ich das getan. Nein. Ich mache zwei Stehlampen daraus. Das ist schwer zu erklären, ich weiß. Mein Plan ist kompliziert, es liegt nicht so ohne weiteres auf der Hand, wie mit Hilfe von Stichsäge und Dispersionsfarbe aus einem Doppelbett zwei Stehlampen werden. Aber glauben Sie mir, Herr Alfred, es werden, es werden!«

»Ich«, sagte er und seufzte und sah mich mit einem besiegten Lächeln an, »ich weiß ehrlich nicht mehr, was ich glauben soll.«

Ich entschied mich, Herrn Alfred für einen schlechten Schauspieler zu halten.

Der Wegbereiter

An manchen Tagen fügt sich alles zur Metapher. Das kann peinlich sein. Die schäbigsten Kleinigkeiten nehmen eine himmelragende Bedeutung an, und die eigene Person wird zum Statisten degradiert. Das eigene Leben wird nämlich zum Exemplarischen erhoben, und daß es dein Leben ist, dein eigenes Leben, dafür interessiert sich das Weltall, oder wer immer hinter der Realität die Fäden des Metaphysischen zieht, nicht. Alles wird zur Metapher – der Gulli meint das Bodenlose, die Fieberblase wird zum Wundmal, und deine Augenbrauen, vergrößert im Rasierspiegel, erinnern an Jesaia 40, 6, nämlich daß *alles Fleisch wie Gras ist.*

Mein Freund, der langjährige, der liebste, er hatte in den nächsten Tagen Geburtstag, und er wollte meine Frau und mich zum Essen einladen.

»Den Achtundvierzigsten möchte ich mit euch feiern«, sagte er.

Warum ausgerechnet den Achtundvierzigsten, dachte ich. Mit wem feiert er seinen fünfzigsten Geburtstag, dachte ich, mit wem hat er den siebenundvierzigsten gefeiert.

Er und seine Familie wohnen nicht mehr in Wien, aber in Wien wollte er mit uns feiern. Ob ich so gut sein könnte, sprach seine Stimme am Telephon – *ich hörte deine Stimme im Garten und fürchtete mich,* 1. Moses 3, 10 –, da gebe es ein neues Restaurant in der Innenstadt, einen Italiener mit garantiert keiner Pizza auf der Speisekarte, von dem habe er bisher nur das Beste gehört, aber auf keines Menschen Urteil lege er so viel Wert wie auf meines, ob ich also so gut wäre, dieses Restaurant zu inspizieren und, falls es mir zusagte, gleich einen Tisch für vier Personen zu reservieren, die Kinder bleiben zu Hause, ob ich damit einverstanden sei.

War ich.

Ich schob es hinaus – heute nachmittag mache ich mich auf den Weg in die Innenstadt, morgen will ich gehen, das Wochenende lasse ich noch verstreichen ... Ich war müde an den Tagen, fühlte mich wie ein Verräter, deinem Freund hast du es versprochen, er verläßt sich auf dich, er will verköstigt werden an seinem Geburtstag, du wirst lügen müssen – *Wie habt ihr das Eitle so lieb und die Lüge so gern!* Psalm 4, 3 –, aber ich brachte es nicht fertig.

Als ich ein Kind war, besaß ich ein blaues, kleines Fahrrad, das ich, würde mich einer gefragt haben, als meinen einzigen Besitz bezeichnet hätte, und damit meinte ich, nichts anderes lohne sich zu besitzen als dieses Ding.

Wieder werde ich müde, wenn ich daran denke. Das Fahrrad war eine Metapher. *Wenn die bunten Fahnen wehen, geht die Fahrt wohl übers Meer* – das war die Hymne meines Fahrrads. Insofern war es mehr ein Boot denn ein Fahrrad. Metaphern sind mitunter großzügig.

Dann eines Tages ließ ich es stehen, neben dem Weg ließ ich es stehen, fünfzig Meter von unserem Haus entfernt, als wäre ich in meinem Leben genug gefahren und wollte auch nicht mehr übers Meer.

Und ich sagte mir: Du mußt es holen, es ist dein einziger Besitz! Und ich sagte zu mir: Am Nachmittag hole ich es, morgen hole ich es, nach dem Wochenende tue ich es bestimmt. Dann war es weg. Und endlich mußte ich nicht mehr müde sein ...

Dann ging ich also doch in die Stadt, fester Vorsatz, die kleine, überschaubare Bitte meines Freundes zu erfüllen. Bei dem Buchhändler am Graben kehrte ich ein und schlug, müde wie ich war, ein Buch auf, ein philosophisches, wie ich heute vermute, weiß nicht mehr, wie es hieß, und las einen Satz und ging wieder.

Der Satz hatte sich aber in mein Gedächtnis gekrallt: *Kehren wir nun zur Schöpfung zurück.* Das war der Name des Satzes und zugleich seine ganze Existenz. Und gemeint war schlicht: Wenden wir uns einem anderen Thema zu, nämlich der Schöpfung.

Das sagt sich so leicht. Worüber war denn vorher gesprochen worden? Die Frage ließ mich nicht los, solche Fragen lassen einen nicht los, und ich ging an der Abzweigung vorbei, die zu jenem neuen, großartigen Restaurant führte, auf dessen Speisekarte garantiert keine Pizza zu finden war.

Wenn wir zur Schöpfung zurückkehren, mußte ich immer wieder denken, wo waren wir vorher gewesen. Gab es also außerhalb der Schöpfung etwas, und nur weil ich zu müde war, habe ich in diesem Buch nicht zurückgeblättert und gelesen?

Ich drehte um, drängte mich über den Stephansplatz − *Die Menge der Stadt spaltete sich,* Apostelgeschichte 14, 4 − betrat noch einmal die Buchhandlung am Graben. Aber das Buch fand ich nicht mehr, und wenn ich es gefunden hätte, ich hätte die Seite nicht gefunden.

Morgen, dachte ich, morgen werde ich meinem Freund den Weg zu seinem achtundvierzigsten Geburtstag bereiten, heute bin ich zu müde ...

Übrigens: Ich habe mein kleines, blaues Fahrrad nie wieder gesehen. Meine Mutter schrieb mit einer Redisfeder und in ihrer schönsten Schrift eine Verlustanzeige auf ihr Büttenbriefpapier, das sie über den Krieg gerettet hatte, und ich sollte beim Gemischtwarenhändler fragen, ob wir den Bogen hinter die Glasscheibe seiner Tür hängen dürfen. Dort hing das Blatt, ein zu schwarzer Tusche erstarrter Ruf nach meinem Fahrrad, hing über den Sommer, bis in den Herbst ...

»Was ist los mit dir?« fragte Rita.

Sie stand neben mir, beugte sich zu mir nieder. Ich war an meinem Tisch im Kaffeehaus eingeschlafen, die Arme auf der Marmorplatte verschränkt, den Kopf über dem Ellbogen. Ein wenig Speichel war mir aus dem Mund geronnen. Ich wischte mir mit dem Ärmel meines Pullovers übers Gesicht.

»Ich habe geträumt«, sagte ich. »Vom Jüngsten Gericht habe ich geträumt.«

»Wo warst du?« fragte sie. Der Schatten des Abends fiel über ihr Gesicht.

»Was meinst du, Rita?«

»Wo du beim Jüngsten Gericht warst, in welcher Abteilung.«

»Abteilung Verräter«, sagte ich.

Bevor Max kam, schlief ich abermals ein, und wieder träumte ich, und wieder log ich Rita an, es sei ein großer Traum gewesen – Geburt, Tod, Ewigkeit, Gericht, Abgrund, Weg ...

Der Termin

Der Mann war vielleicht jünger, als er aussah. Ich schätzte ihn auf vierzig. Er war groß, hatte kurz geschorenes Haar, einen im Hinterkopf spitz zulaufenden Schädel. Um Wangen und Kinn zeigten sich schwarze Stoppeln. Es war noch früh am Abend. Er gehörte zu den Männern, die sich bisweilen zweimal am Tag rasieren. Als er sprach, verzog sich sein Mund zu einem Grinsen, das etwas Schäbiges hatte, so als wollte er mir zeigen, er wisse über mich Bescheid, sei aber verschwiegen genug, um sogar vor mir zu schweigen.

»Sie sind der Geschichtenerzähler«, sagte er, »der Schreiber, der im Kaffeehaus residiert.«

Ich sagte nichts.

Das Grinsen wurde breiter, und da wurde es ein Lächeln, ein höfliches Lächeln sogar. »Wollen Sie mir eine halbe Stunde zuhören«, fragte der Mann. »Dafür schenke ich Ihnen eine Geschichte.«

Er setzte sich mir gegenüber, faltete die Hände auf der Marmorplatte des Tischchens. Ich ahnte, daß er mit der Ironie Schwierigkeiten hatte, daß er wahrscheinlich nur schüchtern war, daß dieses schäbige Grinsen schon lange angewöhnt, wahrscheinlich in seiner frühen Jugend gegen das schießende Wachstum aufgerichtet worden war.

»Seit nun fast eineinhalb Jahren«, begann er, »unterhalte ich ein Verhältnis mit der Frau eines hohen Beamten im Finanzministerium. Ich will Ihnen meinen Namen nicht nennen, ich bin überaus glücklich verheiratet, meine Frau arbeitet in einem Reisebüro, Sie haben keine Ahnung, wie schnell sie eine fremde Sprache im Kern erfaßt, wir haben zwei Söhne, die sehr gut und zufriedenstellend sind, seit über zehn Jahren betreibe ich zusammen mit einem Kompagnon einen Laden mit schönen Dingen aus den fünfziger Jahren.

Der Teufel wollte, daß ich an der Klippe stehe. Ich bin römisch katholisch, und auch wenn Sie jetzt lachen, ich besuche jeden Sonntag die Kirche, und ich trauere dem alten Ritus nach.

Der Teufel hat mich an die Klippe geführt. Ich lernte diese Frau beim Geburtstagsfest ihres Mannes kennen. Er ist, wie gesagt, ein hoher Beamter, und er will, wie er sagt, bevor er fünfzig wird, den Sprung in die Politik tun. Diesem Ziel sollen dann eben auch breit angelegte Geburtstagsfeste dienen, verstehen Sie. Ich meine damit, daß er mich eingeladen hat, hing damit zusammen, daß er zwei amerikanische Stehlampen bei mir gekauft hat, mit denen er vor Kollegen Eindruck machen wollte. Er hat wenige Tage vor Weihnachten Geburtstag, das Fest fand im Bristol statt, und ich habe die Sache gesehen wie einen Geschäftstermin. Obwohl er ausdrücklich gesagt hatte, auch meine Frau sei eingeladen, ging ich allein hin. Ich wollte nur kurz bleiben. Hatte wenig Hoffnung auf Kundschaft.

Nur wichtige Leute waren da, die unwichtigsten waren ein Zauberer und ich, alle kannten einander, mich kannte niemand, und der Gastgeber stellte mich nicht vor, niemandem.

Aber ich, ich kannte jemanden, vom Sehen. Sie ist eine kleine, zierliche Frau, schwarz, schwarz die Haare, die Strümpfe, schwarz das Kostüm. Sie ist die Mutter eines Mitschülers einer meiner Söhne. Von einem Elternsprechtag her kannten wir uns. Da hatten wir uns unterhalten. Und nun unterhielten wir uns wieder. Aber anders.

Sie haßt ihren Mann. Sie sagte es mir. Da haben wir noch keine halbe Stunde miteinander gesprochen.

Ja, ja, es kann auch sein, daß ich sie fragte. Heute, da ich sie so gut kenne, kann ich nicht glauben, daß sie so ein Wort von sich aus gesagt hätte. Wenn ich unter Leuten bin, von denen ich mir nichts erwarte, die mich nicht einmal ansehen, für die ich ein Nichts bin, dann kann ich recht mutig werden, wissen Sie. So denke ich heute, ich habe sie gefragt.

Ich fragte: Hassen Sie Ihren Mann?

Weil ich glaube, daß schockierende Fragen auf Frauen anziehend wirken, jedenfalls unter bestimmten Bedingungen. Und diese bestimmten Bedingungen waren gegeben.

Sie sagte: Ja, ich hasse ihn.

Und das machte, daß ich schockiert war. Ich habe ja erwartet, daß sie lacht und sagt, solche Fragen seien frech, oder daß sie etwas in dieser Art sagt.

Wir haben uns verabredet. Für den folgenden Tag bereits, vormittags um zehn. In einem Café, hier in diesem Café, warum soll ich nicht genau sein. Sie war schon da, als ich kam, und ich kam zu früh, und sie hatte den Mantel anbehalten.

Gehen wir, sagte sie.

Wir gingen zu Fuß, zehn Minuten vielleicht. Es lag matschiger Schnee, und ich hatte Halbschuhe mit rissigen Ledersohlen an, und meine Füße waren naß und eisig. Ich fühlte mich gedemütigt, weil sie mir nicht sagte, wohin sie mich führte. Ich ging hinter ihr her. Es war, als wollte sie mir etwas zeigen, das ich angerichtet hatte.

Sie hat einen wunderbaren Gang, mir ist es unheimlich, wenn ich daran denke, wie sie geht. Wenn sie geht, wird ihre Gestalt von einer Entschlossenheit erfaßt, die auf ein Ende zielt. Wissen Sie, was ich damit meine? Ich meine ein Ende von allem, was mir bisher lieb war. Die Gesichter meiner Buben fingen an, mir auf die Nerven zu gehen, diese feinen Gesichter, ich habe gesehen, wie sie in der Welt aufgewachsen sind.

Sie ging vor mir her und gab mir kein Lächeln, kein Wort, keine Geste, ging stracks wie zu einem kalten Termin.

Seit eineinhalb Jahren nun treffen wir uns in der Wohnung ihrer Freundin, vormittags, immer vormittags. Zweimal in der Woche. Kaffee ist heißgemacht in der Thermoskanne. Ich habe die Freundin nie gesehen. – Mein Termin, mein Termin ...«

War das bereits seine Geschichte?

»War das bereits Ihre Geschichte?« fragte ich.

»Im Grunde ja«, sagte er.

»Und warum erzählen Sie mir das alles? Ausgerechnet mir?«

»Schreiben Sie die Geschichte. Schreiben Sie das nieder, und dann am Schluß, dann bitte schreiben Sie: Der Mann sagte, er will nicht mehr.«

Der Joghurtdrink

Rita hat sich gefangen, keine Frage, die Krise ist gemeistert.

Sie sagt: »Meine Krise ist gemeistert.« – Also, warum sollte ich es anders ausdrücken?

Sie ist siebenundvierzig, Beruf: Instruktorin in einem Fitness-Studio. Nennt man das so? Was tut sie dort eigentlich? Ihre Arbeitskleidung – ich ließ sie mir von ihr beschreiben – besteht aus einem schwarzen, irgendwie glitzernden, ganzteiligen Badeanzug, ferner aus weißen, ebenfalls irgendwie glitzernden Strumpfhosen und einem kragenlosen, langärmeligen, wiederum weißen, wiederum glitzernden Unterhemd, das sie unter dem Badeanzug trägt. Dazu hat sie Knieschoner, Ellbogenschoner und hohe, schaumgummi- und luftkissengepolsterte Turnschuhe, die, wie die Werbung sagt, keine Schuhe, sondern eine Maschine sind.

»Ist das denn alles notwendig?« fragte ich sie.

»Es ist nicht notwendig«, sagte Rita. »Aber wenn du dem Menschen nur das Notwendige gibst, dann verkümmert er. Es ist besser, er darbt am Notwendigen als am Überflüssigen.«

Das gab mir zu denken! Solche Gedanken, dachte ich, solche Gedanken, in unserem Kaffeehaus ausgesprochen, in die nikotingelbe Luft hineingesprochen, hinauf zur nikotingelben Stuckdecke, das sind Perlen vor die Säue.

»Ich habe einen großen Respekt vor dir, Rita«, sagte ich.

»Das freut mich«, sagte sie. »Ich kann Respekt im Augenblick nämlich ziemlich gut brauchen.«

»Warum?« fragte ich. »Ich dachte, deine Krise ist gemeistert?«

»Ich hatte heute nachmittag einen Streit mit meiner Tochter«, erzählte sie, »und der Streit ist noch nicht geschlichtet. Sie ist mir noch nicht gut. Sie war schuld, aber ich habe erst ein Problem daraus gemacht.

Ich habe sie gefragt, ob sie mit mir einkaufen geht, und sie hat gesagt, ich soll ihr nicht böse sein, sie sei zu müde, sie habe den ganzen Mittag über in der Schule Mathematik gelernt, und ich weiß, das hat sie.

Ich habe ihr gesagt, sie soll nicht diese kurzen Pullover anziehen, und wenn sie es doch tut, dann soll sie wenigstens während der kalten Jahreszeit ein langes Unterhemd darunter anziehen, weil sie sich sonst die Nieren kaputtmacht, und die Nieren kann man nicht reparieren, und daß sie mir, wenn sie erwachsen ist, Vorwürfe machen wird und sagen wird, du, Mama, du hättest damals darauf aufpassen sollen, daß ich nicht mit freien Nieren herumlaufe, das wäre deine Pflicht als Mutter gewesen.

So habe ich mit ihr geredet, da war schon eine schlechte Stimmung.

Und dann habe ich es wieder gut machen wollen und habe gesagt: Gut, dann gehe ich eben allein einkaufen, macht mir nichts. Was soll ich dir mitbringen?

Und sie sagt: Nichts, ich will nichts.

Und ich, weil ich meine Kleine ja kenne, ich sage: Ich weiß, daß du etwas willst, also sag es doch!

Aber sie sagt wieder: Nichts. Ich will nichts, o.k.?

Dieses o.k. mit Fragezeichen dahinter, das eigentlich ein Rufzeichen ist, das kann mich verrückt machen. Aber ich habe nichts gesagt und bin gegangen.

Und ich habe ihr nichts mitgebracht. Ich dachte, gut, jetzt nehme ich sie einmal beim Wort. Für mich habe ich einen Joghurtdrink mitgenommen, Erdbeergeschmack, ich sterbe dafür, sozusagen. Janis mag es auch gern. Diesbezüglich sind wir völlig Mutter und Tochter. Aber sie hat gesagt, sie will nichts. Also habe ich für sie keinen Joghurtdrink mit Erdbeergeschmack mitgebracht.

Und dann: Ich schleppe die schweren Nylonsäcke die siebenundsiebzig Stufen hinauf, ich klingle an der Tür, ich muß zweimal klingeln, und dann muß ich Sturm klingeln, denn meine Tochter sitzt vor dem Fernseher und schaut sich einen Vorabendscheißdreck an.

Und dann: Sie macht auf, denkt nicht daran, mir eine Tasche abzunehmen, den Pullover knapp unter ihrem Busen, Bauch und Nieren sind frei, draußen hat es knapp acht Grad.

Ich sage nichts. Ich räume die Sachen in die Speisekammer und in den Eisschrank. Den Joghurtdrink lasse ich draußen, denn den will ich ja gleich trinken, das habe ich mir verdient. Denke ich jedenfalls.

Und dann: Das Telephon läutet.

Ich rufe: Bitte, Janis, geh du dran, es ist eh für dich! Weil nämlich von zehn Anrufen neun für sie sind.

Und sie sagt: Es ist sicher nicht für mich, geh du dran.

Gut, gehe ich dran. Und tatsächlich, es war das eine Mal von den zehn, wo ein Anruf für mich ist. Nichts Wichtiges, für mich gibt es keine wichtigen Anrufe. Wichtige Anrufe sind prinzipiell für meine Tochter.

Und dann: Als ich auflege, sehe ich, wie Janis auf dem Sofa flätzt, und was tut sie? Sie trinkt aus einem großen Glas meinen Erdbeerjoghurtdrink, und das Glas ist bis obenhin voll.

Ich weiß, in das Glas paßt fast mein ganzer Joghurtdrink, und ich habe mich so sehr drauf gefreut, und ich habe Janis zweimal gefragt, ob sie etwas haben will.«

»Und dann?« fragte ich Rita.

»Dann habe ich durchgedreht. Ich habe gebrüllt, daß mir bis jetzt noch die Lungen wehtun. Ich glaube, ich habe mich innerlich irgendwie verletzt. Ich habe gesehen – gehört habe ich nichts mehr –, ich habe gesehen, wie Janis den Mund aufgemacht hat und etwas gesagt hat, und ihr Mund hat wütend und protestierend ausgesehen, und da habe ich noch lauter geschrien, ich habe gar nicht mehr aufgehört, ich dachte, jetzt schreie ich so lange und so laut, bis ich in Janis' Gesicht das blanke Entsetzen sehe, bis sie sich denkt, so jetzt ist ihre Mutter verrückt geworden. Das wird ihr Respekt vor mir einjagen, dachte ich.

Dann ist Janis in ihr Zimmer gerannt. Und ihr Schritt war panisch. Das habe ich also geschafft.

Und dann: Dann hatte ich ein schlechtes Gewissen. Bis jetzt habe ich ein schlechtes Gewissen. Ich habe ihr den Vater weggenommen, weil ich mich scheiden ließ, und nun zertrümmere ich ihr Selbstbewußtsein. Was soll ich machen?«

Ruhe

Wovon ich vergessen habe zu erzählen: Wernhofers Beerdigung!

Ich war im Mantel, dem mit dem Fischgrätenmuster, keinen älteren besitze ich. Max kam, stieg über die Ausläufer des Erdhaufens, neigte sich zu mir, flüsterte in mein Ohr: Wo denn die anderen seien.

»Ach«, flüsterte ich zurück, »das mußt du verstehen, Max. Herr Pietzsch geht seit dem Tod seiner Frau prinzipiell nicht mehr auf Friedhöfe. Caligula sagt, er bewege sich schon seit Jahrzehnten so nahe am Tod, daß für seine Person der Besuch einer Beerdigung blanker Zynismus wäre. Rita hat Angst, daß sie hysterisch wird, Birgitta ist in New York, Medi Winter kommt nicht wegen Jetti Lenobel, Jetti kommt nicht wegen Medi, und Herr Alfred hat ausgerechnet heute seinen freien Tag.«

So waren Max und ich die einzigen aus dem Kaffeehaus, die auf Wernhofers Beerdigung waren.

Bei elend eiskalter Luft brannte die Sonne in mein Auge, und trieb bunte Ringe in meinem Kopf auf, die einen himmelblauen Kern umkreisten.

Übelkeit befiel mich. Ich beobachtete den Geistlichen, wie er immer wieder ein Gähnen unterdrückte, dabei die Lippen über die Zähne zog und in die Mundhöhle kehrte. Er sah aus wie unser Bundespräsident. Ich wollte Max darauf aufmerksam machen, aber das Flüstern hätte Anstrengung gekostet, und mir wäre noch mehr schlecht geworden, dann hätte ich nicht weiter stehen können.

Ich schloß ein paarmal die Augen, drückte sie fest zu, ließ es geschehen, daß mir die Geschichte von dem Soldaten einfiel, der im Stehen eingeschlafen war, so fest, daß er nicht einmal seine Aburteilung mitgekriegt hatte, angeblich ... Und dann waren alle fort.

»So schnell?« fragte ich.

»So schnell«, sagte Max.

»Mir ist schlecht«, sagte ich.

»Setz dich«, sagte Max, »deine Stirn sieht aus wie ein Grabstein.«

»Ich habe nicht einmal für ihn gebetet«, sagte ich. »Ich habe es versäumt.«

Wir setzten uns neben einem alten Grab auf eine bemooste Mauer, und Max erzählte mir, wie er Wernhofer kennengelernt hatte.

»Ich habe ihn gar nicht richtig gekannt, wenn ich ehrlich bin«, sagte ich. »Ich weiß bis heute nicht, was er von Beruf war.«

Sie haben sich in Amerika kennengelernt, Max und Wernhofer. Als Austauschstudenten waren sie zufällig in derselben Stadt gewesen. Schon im Flugzeug seien sie nebeneinander gesessen. Aber sie hätten nicht miteinander gesprochen, nicht ein Wort. Max habe sich gedacht, was ist denn das für einer, so ein großer und schaut die ganze Zeit nur aus dem Fenster, obwohl außer Wolken nichts zu sehen ist. Und Wernhofer dachte sich – das habe er später Max erzählt –, was ist denn das für einer, sitzt da, hat die ganze Zeit seine Jacke an und seine Mütze auf, obwohl es bullenheiß im Flugzeug ist, ißt nichts, trinkt nichts, schaut nicht zum Fenster hinaus, liest nichts.

In Cincinnati seien sie von einem lächelnden, zierlichen Mann abgeholt worden.

»Na«, habe der in fabelhaftem Hochdeutsch gesagt, »ihr beiden werdet euch für ein halbes Jahr ein Zimmer teilen, und wie ich sehe, habt ihr euch noch nicht einmal bekannt gemacht. Da denkt man, in Amerika seien alle Europäer Brüder, und ihr beide, ihr hockt acht Stunden im Flugzeug nebeneinander und redet kein Wort miteinander?«

Da schämten sie sich. Und bevor sie beide, Max und Wernhofer, dem fremden Mann, der in Cincinnati am Flughafen vor ihnen stand und mit seinen Zeigefingern auf sie deutete, als wären es Revolver, bevor sie ihm die Hand gaben, gaben sie sich gegenseitig die Hand und schüttelten sich die Hand und entschuldigten sich voreinander und sagten sich: »Wir wollen uns das auf jeden Fall eine Lehre sein lassen!«

»So«, sagte der Mann, »nun dürft ihr auch mir die Hand geben.« Und er stellte sich vor. Er sagte: »Seht mich an! An mir ist alles falsch. Ich heiße Roberto Di Donato, trotzdem bin ich Amerikaner, wenn auch italienischer Abstammung, dafür aber unterrichte ich Deutsch und zwar an der Miami Universität, aber nicht in Florida, sondern in Oxford, aber nicht in England, sondern in Ohio, außerdem bin ich homosexuell.«

Viele Abende hatten sie im Haus von Bob Di Donato verbracht.

»Ich freue mich«, sagte er jedesmal, »ich freue mich, daß ihr beide mich besuchen kommt. Und weil ich mich überhaupt nicht für euch interessiere, weil ihr weder homosexuell seid noch Amerikaner, weder aus Oxford stammt noch Lehrer seid, darum geniere ich mich vor euch auch nicht. Ihr seid wie zwei Fernseher.«

Und dieser Bob Di Donato, so erzählte Max nach der Beerdigung von Wernhofer, als wir auf der Mauer saßen, dieser Bob Di Donato habe ihnen seine Geheimnisse preisgegeben.

»Was denn so zum Beispiel?« fragte ich.

»Ach, nichts Besonderes«, sagte Max. »Daß es nichts gäbe, was ihn mehr errege als ein zarter Flaum auf einem Männerhintern. Oder daß er die Songs von Bob Dylan höher schätze als jede Oper. Lächerliches Leben, eigentlich.«

Wernhofer aber habe diesen Bob Di Donato verehrt.

»Und je banaler sich dieser Mann gab, je mehr wir über ihn wußten, je weniger es war, was es da überhaupt zu wissen gab, desto mehr verehrte er ihn.«

»Ich bin ein elend seichter Mensch«, sagte Bob Di Donato. »Ich habe gar nichts, keine Tiefe, keinen Humor, keinen Witz, keine magischen Kreise, keine besondere Intelligenz, keine Bildung, kein Geld und keine schönen Muskeln an den Oberarmen, keine blinkenden Zähne, nichts, nicht einmal eine turbulente Familiengeschichte.«

Oft hatten sie später noch über diesen Mann gesprochen, erzählte Max. Wernhofer habe gesagt, er habe nie in seinem Leben einen Menschen mehr verehrt als Bob Di Donato.

»Und warum, bitte, habe ich ihn gefragt«, sagte Max, »warum ausgerechnet ihn?«

»Und was hat Wernhofer darauf geantwortet?«

Wernhofer habe seine Lippen gekräuselt, so daß einer, der ihn nicht kannte, meinen konnte, er sei ein ironischer Mensch, und dann habe er gesagt: »Zum Beispiel seine Sessel, die waren sehr angenehm für mich, besonders der gelbe.«

Der nackte Mann

Dann war wieder Mai, und es hielt mich nicht mehr in der Stadt, und ich fuhr am Wochenende nach Hause, damit meine ich, aufs Land, wo ich aufgewachsen bin. Setzte mich auf mein Jugendfahrrad, das geölt gehörte und keine Klingel hatte und als Bremse nur den Rücktritt, und so fuhr ich, alte Lieder im Kopf, hinunter zum Rhein, an die Grenze zur Schweiz. Der Duft der Berberitzen vor unserem Haus war mir in die Nase gestiegen, als ich das Rad aus der Garage geholt hatte, und dieser schwere, süße Geruch hatte eine Absurdität bewirkt, nämlich daß ich Sehnsucht bekam nach eben diesem Geruch, und die Sehnsucht größer wurde in dem Maße, wie ich sie befriedigte, und als ich die alten Wege und die weite Sicht auf die Schweizer Berge und die Drei Schwestern wieder vor mir hatte, wurde mir wehmütig um die Berge und die Wege. Ja, jetzt, da alles, was vor wenigen Stunden noch Erinnerung gewesen, sich leibhaftig vor mir ausbreitete, da versank ich in Melancholie, als hätte ich dies alles für immer verloren.

Beim Alten Rhein, wo die Baggerseen hinter Weiden und Pappeln liegen, stieg ich vom Rad und blickte aufs Wasser. Eine Amsel legte ihr Thema über alle anderen Geräusche, und es war ein klares, einfaches Thema aus vier Tönen, das sie in zwitschernde Improvisation bettete. Ein Stinkkäfer landete auf meiner Wange. Ich zerdrückte ihn und roch an meinen Fingern. Überall war Erinnerung.

Es war kein Jahr her, da hatte ich hier an eben dieser

Stelle zwei alte Männer beobachtet, die einen Vogel von einem Fischerhaken befreiten, und nun, als ich wieder aufblickte, sah ich einen der beiden drüben am anderen Ufer stehen, gute dreißig Meter von mir entfernt. Es war der mit dem weißen Haarkranz, dessen Rücken ein wenig gebeugt war. Bis zu den Waden stand er im Wasser, und er war nackt.

Ich zog die Schuhe und die Strümpfe aus, setzte mich ans Ufer, wollte wenigstens die Füße ins Wasser stellen, aber das Wasser war mir viel zu kalt. Wie hält der das aus, der Alte? Er ging sogar noch weiter hinein, nun stand ihm das Wasser bis an die Brust.

»He«, rief ich, »wie halten Sie das aus? Ich kann nicht einmal die Füße hineinstellen!«

Er reagierte nicht. Er schwamm. War er taub? Ich erinnerte mich, daß ich vor einem Jahr mit ihm gesprochen hatte, daß er mir geantwortet hatte. War er in diesem Jahr taub geworden? »He!« rief ich noch einmal. Ich winkte ihm zu. Er reagierte nicht.

Nun tauchte er. Erst sah ich eine kleine Bugwelle vor seiner Stirn, dann schlug er mit den Füßen, dann nichts. Das Wasser wurde glatt. – Nichts.

Was machst du denn, alter Mann, dachte ich. Willst du angeben vor mir? Willst du mir angst machen? Was lädst du mir da auf? Was soll ich denn jetzt tun, ha? Soll ich abwarten, einfach warten? Oder soll ich aufspringen, Jacke und Hose von mir werfen und ins Wasser hechten, um dich unvernünftigen Trottel zu retten? Soll ich pfeifen wie die Vögel, denen es einerlei ist, ob du dir im eisigen Wasser einen Krampf holst und nicht mehr an die Oberfläche kommst oder ob du dir einen Herzkasper holst dort unten, wo nichts zu sehen ist ohne Taucherbrille? Was soll ich tun? Soll ich mich aufs Fahrrad setzen und davonfahren? Was glaubst du wohl, du idiotischer Naturapostel, wie schnell ich dich vergessen hätte!

Da tauchte er wieder auf. Gab kein Geräusch von sich. Prustete nicht, blies nicht ins Wasser oder japste nach Luft, rief nicht Ah! oder Oh!, wie es jeder andere getan hätte, der so lange unter Wasser gewesen war. Ruhig schwamm er weiter auf mich zu.

Ich zog die Strümpfe über meine nassen, klammen Füße, schlüpfte in die Schuhe, erhob mich, wischte mir den Schmutz vom Hosenboden und blickte auf den hellen Kopf des Mannes, der da auf mich zutrieb. Was willst du von mir, dachte ich. Willst du mich zu dir ins Wasser ziehen? Willst du mir irgend etwas erzählen? Daß dein Weg der richtige ist? Daß du dich schon vor Jahren von Frau und Kindern abgesetzt hast? Willst du mich auffordern, daß ich dein Alter schätzen soll? Willst du, daß ich staune, weil du ein mächtiges Stück älter bist, als ich schätzen würde?

Als wir uns in den Augen hatten, lächelte ich und nickte. Und er lächelte und nickte zurück.

»Ist es schon sechs?« fragte er, als er aus dem Wasser stieg.

»Nein«, sagte ich, »nicht einmal fünf.«

Er stand vor mir in seiner greisenhaften Blöße, genierte sich nicht für seine Nacktheit, kratzte sich am Hintern, kratzte sich am Hodensack. Das Wasser rann an ihm herab, zog die Haare an seinen Beinen und an seinem Bauch zu schwarzen Strähnen zusammen. Hinter den Rippen sah ich sein Herz pochen. Dann drehte er sich zur Seite und schlug an einem Baumstamm sein Wasser ab. Schüttelte sein Glied, als ob die paar Tropfen Urin eine Rolle spielten.

Wie bist du hierhergekommen, alter Mann, dachte ich.

Ich hatte oben am Weg kein Auto gesehen, kein Motorrad, kein Fahrrad war hier. Bist du zu Fuß gekommen? Wo sind deine Kleider?

»Mir wäre es zu kalt«, sagte ich.

»Es ist kalt«, sagte er.

»Saukalt«, sagte ich.

»War schon kälter«, sagte er.

»Letztes Jahr waren Sie mit einem Freund hier«, sagte ich.

»Ich bin jeden Tag da«, sagte er. Dann ging er ins Wasser zurück, langsam, breitete die Arme aus, noch ehe sie die Wasseroberfläche berührten, und schwamm, schwamm langsam, stetig, als würde er gezogen, schwamm zurück zum anderen Ufer.

Inhalt

PIPER

Michael Köhlmeier
Bleib über Nacht

Roman. 238 Seiten. Geb.

Die ebenso einfache wie unglaubliche Geschichte, die in
»Bleib über Nacht« erzählt wird, ist ein einziges Hohelied
auf die Liebe, auf den Glauben an das schlichte Faktum,
daß zwei Menschen füreinander bestimmt sein können.

Wie das Schwein zu Tanze ging

Eine Fabel. 127 Seiten mit 8 Illustrationen von
Reinhard Michl. Edelpappband

»Die Geschichte wird erzählt, wie es einer Fabel
zukommt: klar im Aufbau, sparsam in den erzählerischen
Mitteln, aber präzise in ihrer Verwendung. Kein schiefes
Bild, kein falscher Ton trübt hier das Lesevergnügen, und
die Spannung reißt bis zum Ende nicht ab.«
Die Tageszeitung